그냥 어느 날이었다. 답답했다.

아내와 걸었다

글·사진 | 김종휘

[산티]

아내와 걸었다

2007년 6월 29일 초판 1쇄 발행. 김종휘가 글을 쓰고, 사진을 찍었으며, 이홍용과 이평화가 기획 편집하여 펴냈습니다. 본문 교정은 박선희가 하고, 표지 및 본문 디자인은 디자인비따가 하였으며, 송승용이 영업을 합니다. 제판은 (주)한국커뮤니케이션, 인쇄 및 제본은 영신사에서 하였습니다. 출판사 등록일 및 등록번호는 2003. 2. 6. 제10-2567호이고, 주소는 121-837 서울시 마포구 서교동 339-4 가나빌딩 4층, 전화는 (02) 3143-6360~1, 팩스는 (02) 338-6360, E-MAIL은 shanti@shantibooks.com 입니다. 이 책의 ISBN은 978-89-91075-38-2 03800이고, 책값은 13,000원입니다.

그_냥 어_느 날_이_었_다.

답_답_했_다.

아_내_와 걸_었_다.

바_닷_가_를 바_라_보_며

바_깥_에_서 바_깥_으_로

바_닥_부_터 바_닥_까_지

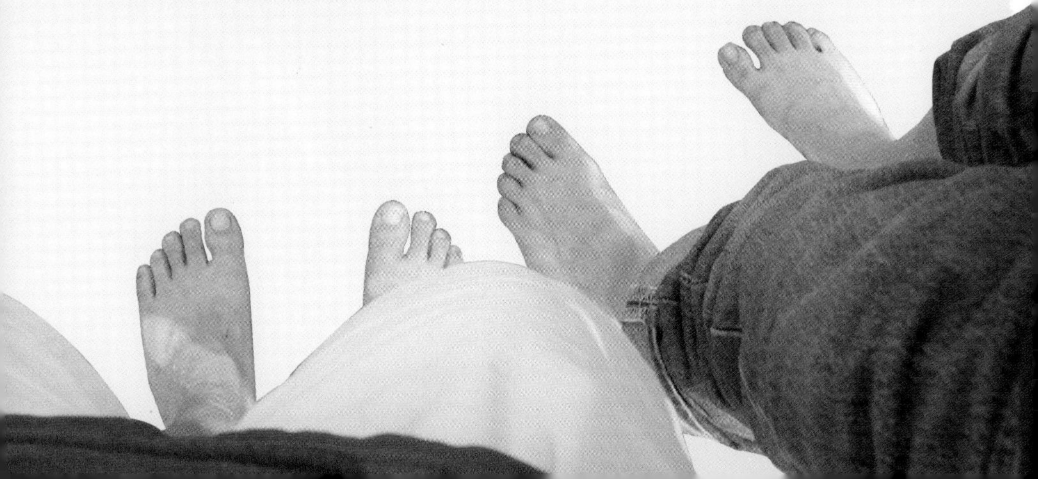

그냥 어느 날이었다. 답답했다.

아내와 걸었다

바닷가를 바라보며
바깥에서 바깥으로
바닥부터 바닥까지

CONTENTS

Prolog

앞머리

때가 된 것 같아서 생각하고 또 생각했다. 그래 걷자. 일을 중단하고 출발 날짜를 결심했다. 그때부터 들썩이던 몸은 거짓말처럼 꿈쩍하지 않았다. 체력 보강도 지도 점검도 배낭 준비도 다 허허로웠다. 일을 멈추기로 작정한 일 중독자의 눈앞에는 갑자기 광활하고 막막한 침묵의 사막이 펼쳐졌다.

미칠 것 같아서 술을 먹었다. 그럴수록 머리 혼자 부지런을 떨었다. 속으로 셈하고 밖으로 명분을 앞세우는 인간의 이중적 속성이거나, 행동에 앞서 의미부터 찾는 먹물 근성이거나, 길 떠난 적 없는 초보자의 옹알이거나. 잡념의 낱낱은 서로 꼬리를 물려고 뱅뱅 돌면서 정신을 어질러놓았다.

그때 거대한 그림자가 하나둘 내 몸뚱어리를 뒤덮기 시작했다. 간단했다. 광대한 그늘 속의 달랑 한 점, 그것이 나였다. 나무 같은 손과 돌 같은 발을 가진 거인들의 서늘한 기운. 그들은 내 머리통을 쥐어박았다. 그들의 웃음과 주먹다짐과 발길질이 시원하게 쏟아지면서 정적의 소리가 들렸다.

그냥 가. 마음은 눕고 몸은 일어날 거야.

황안나. 남쪽 땅 끝에서 북쪽 철책까지 홀로 묵묵히 걸었다. 그 작은 두 발로 이 땅 삼면의 해안선까지 꼼꼼 감싸듯 걸었다. 60년 넘게 아녀자의 몸 안으로 흘러 들어온 수많은 삶의 미로를 훌훌 바깥으로 터서 휑하니 튕겨나간 부끄럼 많은 할머니의 탄력은 경이롭고 찬란했다.

홍은택. 자전거를 타고 미국 대륙을 동에서 서로 6,400킬로미터를 횡단했다. 바람 타고 온 소문처럼 어느새 서울에 돌아와서는 또다시 자전거 타고 복마전 같은 도심을 훑고 있다. 탄탄하고 탱탱하고 매끈한 자전거를 닮은 40대 아저씨의 쭉 뻗은 몸매와 알찬 체력은 눈부셨다. 넘볼 수 없었다.

김남희. 어느 날 불쑥 직장과 애인을 놔두고 길을 나섰다. 오로지 걸어서 세계를 만나는 여행길이 어느덧 10년 세월이다. 소심하고 겁 많고 까탈스러운 30대 여자가 혼자 걷는 여행이라고 말했다. 이 아가씨의 맑고 차가운 기운을 살짝만 스쳐도 제자리에서 몸서리를 칠 것 같았다.

김훈. 두 발로 바퀴를 밀어 몸 안에 길을 들이는 방식으로 이 땅의 산천과 들판과 해안을 주유했다. 그 체험을 빈곤한 언어로 겨우 썼다며 책을 냈다. 고될수록 윤이 나고 패할수록 빛이 나는 50대 후반 남자의 허무하고 부리부리한 눈을 보았다. 사진에서 눈을 뗄 수 없었다.

방송국에서 잠깐씩 만났고 책을 통해서 다시 접한 이들 거인 앞에서 나는 바람 빠진 풍선처럼 줄어들어 있었다. 그들의 두 발이 지나가며 일으키는 먼지나 바퀴 자국 같은 행적을 좇다가 김혜순의 시 〈풍경중독자〉를 떠올렸다. "왜 풍경은 몸속으로 들어와 고통이 되고 싶은 걸까?"

걷는 동안 몸 안으로 들어올 길과 풍경, 걷고 나서 마음 밖으로 나가 있을 말과 언어를 생각하지 않기로 했다. 체코의 극작가 카렐 카펙이 권한 '완전히 무용한 상태'를 동경했다. 무위와 명상에서 활력이 일어나는 것. 이를 두 발의 순례로 실천하며 인류 평화의 기운을 확장한 인물이 있다.

인도 자이나교 승려 출신의 사티쉬 쿠마르. 화석 연료를 쓰는 교통 수단이 지구에 가장 폭력적이라고, 소가 끄는 탈것 등 최소한의 폭력을 취하라고, 제일 좋기로는 두 발로 걷고 필요한 물건은 손수 등짐을 져 나르라고 권한 그는 인도에서 유럽과 미국까지 8천 마일(약 13,000킬로미터)을 걸었다.

명상과 염원의 걷기로는 그의 스승 간디를 빼놓을 수 없다. 직접 목도하기로는 새만금 살리기 삼보일배가 있었다. 그날 여의도 국회의사당에 도착한다는 소식을 듣고 나는 그곳에 있었다. 저만치에서 꾸물꾸물 걷다가 스르륵 쓰러지고 흐들흐들 다시 일어나 걷는 그들. 눈물이 났었다.

안에서 수시로 뜨거운 것이 솟구쳐 걷는 사람은 지구의 모든 생명을 애달프게 감싸는 길을 안다. 불의와 고통을 껴안는 그 길에서도 선하고 환하게 웃는 '바람의 딸' 한비야처럼 나는 도저히 그렇게 걷지 못할 것 같았다. 잃어버린 전설에 이끌려 옛길을 걷는 사람도 있다.

베르나르 올리비에. 61살에 떠난 실크로드 걷기는 3년간 터키 이스탄불에서 중국 시안까지 쉬엄쉬엄 이어졌다. 시리즈로 나온 그의 책들은 읽기도 전에 제목부터 나를 얼어붙게 만들었다. 《나는 걷는다》. 그는 '비행' 청소년들이 걷기를 통해서 스스로를 구원하도록 이끄는 조직을 만들었다.

브루노 바우만. 유럽인 최초로 타클라마칸 사막을 걸었다. 고비 사막도 걸었다. 11년 만에 다시 타클라마칸으로 간 그는 한 선배 탐험가가 실패한 가장 위험한 북쪽 코스와 가장 험난한 날씨를 택해서 또 걸었다. 그는 책에 썼다. 탐험adventure의 라틴어 어원은 도착advenire, 자기에게 돌아옴이라고.

김재홍 · 송연. 김정호의 옛 지도를 알게 된 부부는 지워지고 감춰지고 간신히 살아남은 옛길을 걷기로 했다. 동래에서 한양으로 950리, 해남에서 한양으로 970리. 32일이란다. 부부는 애초 인도 여행을 계획했다가 이 땅 옛길로 굽어드는 바람에 길 위에서 과거로 돌아가고 있었다.

그들처럼 걸을 자신이 없었다. 사라진 거인의 전설은 많지만 좀체 한 곳에 진득하게 빠져 있지를 못하는 나는 그냥 걷기로 했다. 허나 황안나의 탄력, 홍은택의 몸매, 김남희의 기운, 김훈의 눈길을 갖고 싶은 욕구는 사라지지 않았다. 흉내라도 내고 싶었다. 주섬주섬 짐을 챙겼고 사흘 뒤에 길을 나섰다. 그냥 어느 날이었다. 답답했다. 아내와 걸었다.

돌아보면 나의 바바 여행은 카렐 카펙보다는 버트런드 러셀이 칭송한

'완전히 무용한 상태'를 흉내 내고 있었다. 무위보다는 한가함이고, 명상보다는 호기심이며, 순례보다는 관찰이었고, 나를 찾는 성찰보다는 나를 놀리는 재미였다. 그런 종류의 '완전히 무용한 상태'를 누리는 시늉이었다.

마침 나는 막 결혼을 한 뒤였고 아내와 한 약속이 있었다. 살면서 서로 헛된 기대 하지 말자고, 대신 한두 번은 제법 길게 온전히 같이 있기로. 그때 아내는 일을 쉬면서 요가를 배우고 있었다. 나만 결심하면 되었다. 우리는 바닷길을 걷기로 했다. 왜 바닷길이냐고 물으면 딱히 답은 없지만 덧붙이면 이랬다.

우리가 서로를 유혹하고 헤어지고 화해했던 카페 이름이 'bar다'였다. 대안 학교에서 걸바(걸어서 바다까지)를 해본 우리는 내륙을 가로질러 마침내 바다에 당도하는 주말 드라마보다는 줄곧 바닷길을 걷는 일일 드라마가 편했다. 지루해지거나 아플 때까지 바다를 끼고 걷기로 했다. 나는 물이 좋았다.

바바라는 이름은 그렇게 소소하고 시시하게 나왔다. 줄곧 바닷길을 따라가면서 바다를 바라보니 바바, 육지의 바깥에서 바깥으로만 걸으니 바바, 발바닥의 한 바닥부터 다른 바닥까지 옮겨야 한 걸음이니 바바. 우리는 가족과 친구들에게 "바바 다녀올게, 바바!" 하고 말했다.

서울을 떠난 첫날이었다. 뉴스는 사상 최악의 슈퍼급 황사로 난리였다. 택시로 강변북로를 달리면서 건너다 본 63빌딩은 흐릿한 형체로 서 있었다. 걷다가 집으로 왔다가 다시 내려가서 걷기를 다섯 차례 반복한 바바 여행은 첫날 서울의 황사처럼 앞을 내다볼 수 없는 돌발 상황의 연속이었다.

황안나의 탄력, 홍은택의 몸매, 김남희의 기운, 김훈의 눈길을 갖고 싶은 욕구는 사라지지 않았다.
흉내라도 내고 싶었다. 주섬주섬 짐을 챙겼고 사흘 뒤에 길을 나섰다.

"마음은 눕고, 몸은 일어날 거야"

여행을 떠나기 한 달 전 아내는 유기견 한 마리를 데려왔다. 몸무게 7킬로그램, 1년 6개월 추정. 달마시안과 셔틀랜드 쉽 독의 믹스견이라고 우리 맘대로 추정해서 동물 병원 기록에 코브라 독이라는 신종 혈통의 시조로 올라간 수컷. 신체 특징 호떡 목살. 붙인 이름 고미gom. 이 개를 데리고 여행을 떠났다.

하루 30킬로미터를 넘게 걸었던 처음 열흘간, 고미는 밤만 되면 시체처럼 쓰러졌다. 비가 자주 와서 발에 습진이 생긴 고미는 마을을 가로지를 때마다 컹컹 짖어서 잠자는 동네 개들을 다 깨웠다. 그때마다 업고 걸어야 했다. 배낭 두 개 중 하나는 사료였다. 중간에는 대도시 동물 병원에도 다녀왔다.

다른 돌발도 적잖았다. 얕잡아보고 건넌 하구는 우리를 후루룩 집어삼켰다. 몸과 배낭은 물론 디지털 카메라와 휴대폰까지 물에 빠졌다. 바로 서울에 올라와서 수리를 맡기고 여분의 디지털 카메라를 챙겨 다시 그곳에 갔다. 감기 몸살에 걸리거나 서로 다투곤 해서 김새는 일들도 제법 있었다.

기진맥진한 우리는 사진은 찍되 기록은 포기하기로 했다. 성가셨고 힘들었다. 덕분에 눈길 가는 대로 찍은 사진들에는 지명과 날짜가 없다. 아내와 나의 기억은 분분하다. 결국 그냥 길이고, 그냥 바다고, 그냥 사람이고, 그냥 개고, 그냥 여행이고, 그냥 집이고, 그렇게 합의 봤다.

변명이지만 그 덕택에 이 책의 용도는 가벼워졌다. 해안선 걷기 여행의 눈요깃감이고, 보이는 대로 잠깐 생각해 볼 세상 흔적이며, 해안선 따라 걷고 서고 먹고 쉬고 자고 일어난 이야기다. 내키는 독자라면 바다,

길, 사람, 개, 여행, 집 그리고 또 다른 무엇들을 직접 겪어볼 일이다.

바바 여행. 돌아보니 힘들었다. 재밌었다.
이 책은 딱 여기까지다.

출발지는 동해 북쪽 끝 통일전망대가 아니라 그 아래 속초 해수욕장이었다. 굳이 북쪽 끝에서 출발해 뭐하랴 싶었다. 도착지는 서해 북쪽 끝 통일전망대가 아니라 그 한참 아래 안산 언저리였다. 더 올라가서 뭐하랴 싶었다. 해서 분단 철책선 아래로 삼면 바닷길을 끝에서 끝까지 남김없이 걸은 것이 아니다.

비어 있고 빠져 있고 모자란 것, 이것이 우리의 바바 여행이다. 미끈하게 쭉 뻗은 동해안은 첫 길이라 오기로 내쳐 걸었지만, 어질어질한 남해안은 걷기와 버스타기와 배타기를 오락가락했고, 몸과 마음이 곰삭을 무렵에 굽어든 서해안은 걷기와 자전거 타기를 반반 했다.

특히 서남해권 일대는 이 땅이 섬들의 나라임을 뼈저리게 일깨워줬다. 전남 다도해권에만 1,600여 개의 섬들이 흩뿌려져 있다. 흑산도만 100여 개의 섬을 거느리고 있다. 섬 여행은 지도 보고 내키는 대로 찍어서 걷고 나왔다. “되는 대로 걷는다”로 일관한 바바 여행은 우연과 변칙의 연속이었다.

다만 길 위에 있는 동안은 내내 확실한 느낌이 있었다. 몸은 발끝부터 위로 올라오면서 부위마다 개별개별 깨어나 울부짖었다. 마음은 밑으로 모래 먼지 쌓이듯 차곡차곡 텁텁하게 가라앉았다. 중간에 서울에 올라오면 마음은 부글부글 끓었고 몸은 벌벌 떨었다. 걸으면서 바다를 보아야 현실감이 돌아왔다.

설치 미술가 최정화는 나쁜 생각이 날 때마다 걷는다고 인터뷰에서 말했다. 자주 걷는다는 소문대로라면 얼마나 자주 나쁜 생각이 나는 걸까 궁금했다. 이누이트(에스키모) 족은 증오심이 생기면 용서의 마음이 들 때까지 걸어갔다가 돌아온다고 책에 써 있었다. 워낙 추우니까 조금 걷다가 금세 후회하고 돌아와서 빨리 화해를 했겠구나 짐작했다.

나는 바바 여행을 통해서 그런 성찰의 이야기들을 떠올리려고 해보았지만, 그보다는 몸 고되고 속 편한 길에 대해 더 많이 느끼게 되었다. 아무 생각도 나질 않았는데 그게 바로 또 하나의 생각이라는 것을 깨달았을 뿐이다. 수확이라면 30분 걷다가 문득 바다를 보고 한 시간 걷다가 불쑥 바다를 만나는 바바 여행이 의외로 중독성이 크다는 것을 확인한 점이다.

일상으로 돌아온 나는 좀머 씨가 된 것은 아닐까 하는 상상에 빠져들었다. 호수를 중심으로 적어도 사방 60킬로미터 근방을 날마다 정신없이 걸어 다니는 좀머 씨. 유별난 걷기 때문에 동네에서 그를 몰라보는 사람은 아무도 없지만 또 그를 안다고 할 수 있는 사람 역시 아무도 없는 그런 사내.

두터운 외투와 밀짚모자를 쓰고 텅 빈 배낭을 멘 채 지팡이를 들고 어디론가 바쁘게 걷는 좀머 씨는 동네 사람들의 추정대로라면 밀폐 공포증에 걸려 있다. 라틴어와 그리스어 어원에 따르면 '닫음'과 '고립'의 뜻을 가진 밀폐 공포증을 가진 사람은 방 안에 가만히 있지 못한다고 책에는 써 있다. 아마도 세상의 쳇바퀴를 돌리는 모든 소시민들이 좀머 아저씨고 좀머 아줌마일 것이다. 그들은 호수 안으로 걸어 들어간 좀머 씨처럼 애초에는 그 호수에서 걸어 나온 존재일지 모른다. 내가 보고 온 65일 동안의 바다 역시 내가 원래는 그곳에서 육지로 밀려온 축축한 생명일지 모르겠다는 영감을 줬다.

좀머 씨가 유일하게 입 밖으로 소리 내서 사람에게 건넸다는 그 말. 험악하고 변덕스러운 날씨에 오직 걷기만 하는 그를 향해 자동차의 차창이 내려지고 운전석에 앉은 동네 사람이 빈말로 말한다. "어서 타시라니까요…… 그러다 죽겠어요!" 그때 좀머 씨가 소리 내서 대답했다는 유일한 그 말.

그러니 나를 좀 제발 그냥 놔두시오!

좀머 씨는 외투와 장화를 신고 지팡이를 든 채 호수로 사라졌다. 수면에 뜬 밀짚모자는 어디론가 흘러갔다.

미국의 남북전쟁 당시 징병을 거부하고 캐나다로 도망치듯 이주한 기계 발명가 존 뮤어는 실명했다가 간신히 시력을 되찾은 뒤 바닷가를 따라 1,600킬로미터를 혼자 걸으며 식물을 채집하며 살았다고 한다. 그의 여행 가방 목록.

> 빗, 브러시, 수건, 비누, 갈아입을 속옷, 번스 시집 사본
> 밀턴의 《실락원》, 우드의 《식물학》, 작은 신약성서, 일기장, 지도

다섯 번째 걷기를 마치고 집에 와서 바바 여행의 마침표를 찍었을 때 배낭에서는 많은 것들이 나왔다. 집에 왔다갈 때마다 줄이고 또 줄였다고 좋아한 그 마지막 짐조차 풀어놓고 보니 방 안 한가득이었다. 몸에 걸친 것들을 빼고도 목록의 길이가 만만치 않았다.

여분의 안경1, 여분의 모자1, 여분의 손수건1, 여분의 팬티1
여분의 양말1, 여분의 반바지1, 작은 썬크림 통1, 작은 스킨병1
일회용 칫솔1, 일회용 치약1, 우비1, 손전등1, 반창고1, 슬리퍼1
작은 생수통1, 먹다 남은 빵1, 여분의 담배1, 여분의 디지털 카메라1
디지털 카메라 충전기2, 휴대폰 충전기1, 다이어리1, 책1
샤프 겸용 볼펜2, 여분의 비닐봉지들, 수북한 지도들

온전히 하루 이상을 걸어본 사람이라면 걷기를 조금씩 길게 거듭할수록 알게 되는 재미가 있다. 배낭 속 목록이 하나둘 줄어가면서 몸과 마음의 무게도 가벼워지는 맛. 불필요하게 불었던 살이 쪽쪽 빠지는 기분. 보잘것없는 한 가지라도 짐을 줄이면 몸과 마음은 환히 빛난다.

나의 거인들과 존 뮤어도 여행 가방이 줄어드는 행복을 즐겼을 것이다. 호수로 사라질 때 벗고 남기고 버릴 게 없었던 좀머 씨처럼 빛나는 체험을 원하는 사람이라면 누구든 가볍게 걷기 시작하면 될 것이다. 호숫가든 강가든 바닷가든, 물이 있는 곳을 따라 홀가분하게, 거듭할수록 몸과 마음의 짐을 하나둘 줄이면서, 마음은 눕고 몸은 일어나는 걷기.

안산 근처에서 바바 여행을 멈추고 집에 왔을 때 아내는 두 마리의 개

"바바 다녀올게, 바바!"

와 살고 있었다. 4차부터 나는 혼자 걸었다. 아내는 3차를 마치고 서울에 남았고 유기견을 한 마리 더 데려왔다. 몸무게 5킬로그램. 7개월 추정. 다들 실키 테리어라 말하나 증명할 길 없는 수컷. 신체 특징 아줌마 뒷다리 살. 붙인 이름 보기bog.

요즘 일과는 이른 아침 발바닥을 핥아 나를 깨우는 보기를 데리고 동네를 한 바퀴 도는 산책으로 시작한다. 가끔은 그 길로 동네 어귀를 벗어나면 곧바로 바다가 나올 것 같다. 언제쯤 보기를 데리고 또 바바 여행을 갈 수 있을까. 내 생애 첫 바바. 바닷가와 바깥과 바닥 구경 잘 했다. 잘 놀았다. 바바!

65일의 바바 여행.

듬쑥한 동해안, 걷기 21일.

어질어질한 남해안, 걷고 배 타고 버스 타기 25일.

곰삭은 서해안, 걷기와 자전거 타기 19일.

책에 실린 사진들은 집에 있던 작은 디지털 카메라로 찍었다. 대략 2,000컷 정도 찍고 그 중에서 골랐다. 아내도 나도 있으니까 사용했지 평소에는 거의 사진을 찍지 않는다. 인화된 사진은 찍을 당시의 느낌을 백분의 일도 담지 못했다. 덜고 더하고 빼고 붙이며 알아서 각색된 사진은 누구 탓도 아니다.

그래도 부족한 사진은 사진대로 제가 말하도록 그냥 놔두고 싶었다. 인생은 생략과 비약이 없는 과정이지만 만남의 기억은 축약과 강조의 편집이다. 그 간극을 뛰어넘는 길은 없지 싶다. 인생의 매순간 부지런히 참여하는 것밖에, 일일이 손수 겪어보는 수밖에 없다. 65일의 바바 여행이 남긴 기억들은 번번이 달라져서 지금은 또 다른 이야기를 속삭이고 있다.

고미야.

발바닥 좀 그만 핥아라.

보기야.

침 좀 그만 발라라.

자갸!

자기가 데리고 나갈래?

또 하루가 시작된다.

쌀쌀한 새벽.

2007년 5월

바다

Chapter 01 바다

바다 #01

십대 시절의 바다는 오직 동쪽에 있었다.

이십대 시절에도 바다는 동쪽에만 있는 줄 알았다.

쏜살같이 달리는 고속버스 안에서 동쪽을 꿈꾸며 졸다가

몸을 비틀 때쯤이면 가파른 산을 넘었고 바다가 보였다.

좌우로 끝없는 수평선. 위로 탁 트인 하늘.

아래로 넘실대는 바다. 눈앞의 새파아란 우주.

바다 #02

영화 〈지중해〉를 본 뒤로 바다는 지중해로 통했다.

에게 해의 외딴 섬 미기스티에 침투한

여덟 명의 병사는 환상 같은 나날을 보낸다.

술과 사랑과 낮잠과 파티와 해변 축구.

도피하는 모든 이들에게 바친다는 엔딩 자막.

삼십대에 나는 거짓말 같은 도피처가 필요했다.

당신과 결혼할 수 없어요.

한때 그런 말을 했던 아내는

그날 이별 여행을 가자고 했다.

목적지 없이 가보니 바다였다.

해변을 걸었고 그냥 앉았고 바다를 보았다.

아름다운 날들이 끝나고 있었다.

그때 마지막 추억거리나 사소한 표지도

바다에 남겨두지 못했다.

집에 돌아와서 바다는 울었다.

바다 #03

바다 #04

낮 동안 내내 동행한 바다는 해가 지면서 천천히 돌아눕는다.

초보 여행자에게 “너도 그만 쉬렴” 하고 조용히 말을 건넨다.

두 발걸음 따라 내 안에 들어와 출렁이던 은빛 바다도

서서히 고요한 금빛으로 가라앉는다.

안식을 베푸는 축복의 기도 같다.

바다 #05

한쪽이 조금만 기울어도 애정은 금세 두 쪽이 난다.

사랑의 위기는 전초전도 뒤풀이도 없다.

감지되는 순간 다른 생각이 파도친다.

두 갈래 생각이 그대로 바다 양편에 뛰어들면

지구를 반 바퀴 돌아야 만날 수 있다.

생각을 멈춘 누군가 먼저

옆 벤치를 향해 고개를 돌려야 한다.

바다 #06

가는 비가 분무기처럼 뿌리는 해변.

나무 벤치 세 개가 나란히 축축하다.

왼편에서는 싱글 대디 가족이 와서 앉는다.

오른편에선 싱글 맘 가족이 와서 앉는다.

카메라 이쪽에서는 동성애 커플이 가서 앉는다.

인생은 혼자지만 아무도 혼자 살지 않는다.

사랑도 부부도 가족도 하나가 아니다.

이곳에서 다 같이 바다를 보았을 것이다.

과연 같은 바다였을까.

바다 #07

황사나 강풍을 피해

바닷가의 버스 정류소 안으로 잠시 몸을 피하면,

바다는 어느새 그 안으로 들어와 있다.

탁 트인 바다는 작은 구멍이나 틈만 있어도

개의치 않고 그 안에서 출렁인다.

그 바다를 한 손에 가만히 들고 다시 길을 나서고 싶다.

바다 #08

그가 떠나간 이유를 도무지 알 수 없을 때,

물어보지도 못했을 때, 모르기 때문에 점점 더 서러워질 때,

그 모르는 이유마저 영영 떠나보내는 자리에

바다로 난 문이 있다.

그 문을 통해 바다로 나가서

그의 이름을 한 번 더 불러보면

바다가 싹 데려갈 것 같다.

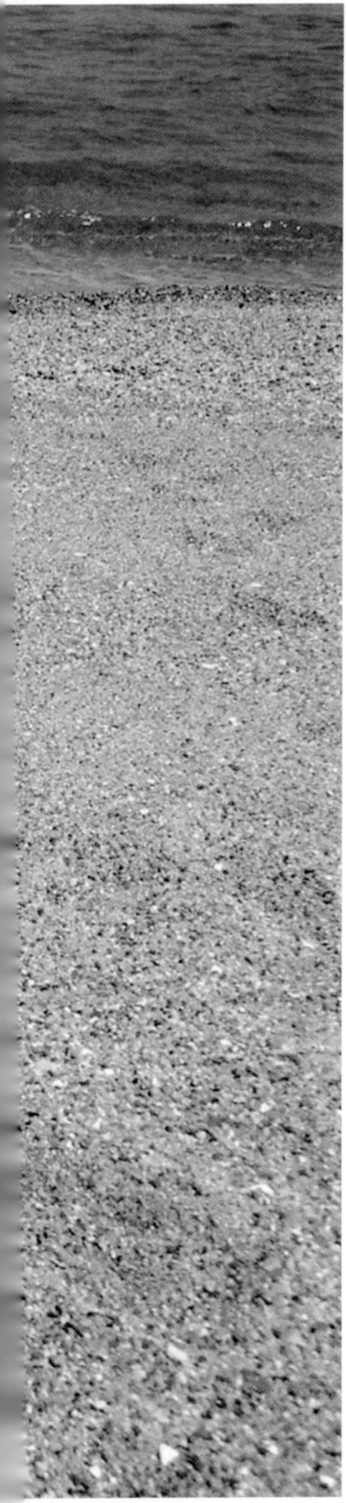

저 바다에서 밀려나와

모래사장에 서툰 발자국을 남기고 세상으로 나온 자.

사람들은 모두 저마다의 바다를 꿈꾸며

열심히 일하고 사랑하고 늙어간다.

자신이 바다에서 왔으며 스스로가 바다라는 사실을 잊은 채

조금 더 많은 돈과 시간을 벌어 바다로 돌아올 생각을 한다.

바다 #09

65일간 바다를 보고 걸으면서

맨발로 바닷물에 들어가 본 것은 고작 네다섯 번이었다.

돌아와서 의견이 갈렸다. “당신이 쉬지 않고 걸었잖아.”

아내가 핀잔을 주면 “더 쉬자고 하지.” 나는 반성할 줄 몰랐다.

이 사진이 없었다면 우리가 바다에 발 적시고 왔다는

사실을 우리도 까먹을 뻔했다.

바다 #10

바다는

사람의 뇌를 말끔히 비워내고 몸 안을 시원하게 적셔주는 효험이 있다. 생각은 단순해지고 감정은 정직해진다. 때문에 아내도 나도 바다를 보고 걷는 동안 점점 더 자신의 바다 속으로 들어갈 수 있었을 것이다.

Chapter 01

바다

바다는 먼 곳에 있었다. 서울에서 자란 나에게 바다는 언제나 저 먼 곳이었다. 물리적 거리감이 아니다. 서울에서 차를 타고 서쪽으로 한 시간쯤 달리면 바다가 있다. 동쪽으로 세 시간 남짓이고 남쪽으로 다섯 시간 안팎이면 바다에 도착한다. 하지만 차를 타고 바다로 달려가는 동안에도 바다는 항시 저 먼 곳이었다.

바바 여행을 하기 전까지 바다는 그곳으로 달려가는 동안의 관념 안에 갇혀 있었다. 그 테두리 안에서만 바다는 보여주고 허용했다. 이를테면 목적을 가지고 단체로 몰려가는 바다는 그 눈요기를 서비스하고는 에누리 없이 사라진다. 감정의 공허 때문에 찾아간 바다는 그 허기를 허겁지겁 채우게 놔두고는 그만 돌아가라고 역정을 낸다.

고등학교 2학년 때 나는 처음 바다를 보았다. 학교 수학 여행차 도착한 포항제철소 앞바다. 까까머리의 십대 남자 아이들이 보러 간 것은 고도 성장기의 웅대한 제철소였다. 산만큼 어마어마한 기계들이 윙윙거리며 볼품없는 바다를 부리는 광경이었다. 우르르 내려서 공장을 둘러보다가 잠깐 만난 바다는 한강보다 칙칙했고 불결했다.

대입 학력 고사는 보았으나 졸업식은 아직 치르지 않은 고등학교 3학년의 그 마지막 어정쩡한 겨울에 나는 두 번째로 바다를 보았다. 교회 대학부 선배 둘과 같이 강릉에 가서 밤바다를 보며 새벽까지 소주를 마시다가 해변에 누웠다. 추위와 목마름에 눈을 떴을 때 해는 이미 떠 있었다. 곁에 앉아 있던 선배가 바다를 보고 말했다.

이 바다가 소주라면!

나는 토악질을 멈출 수 없었다. 변변치 못한 것들을 다 게워내고 해변의 모래로 덮었다. 바다는 깨끗했고 내 속은 개운했다. 우리는 빈 소주병과 새우깡 봉지를 집어 들고 바다를 떠났다. 바다를 등진 어디쯤에선가 신발에 묻은 바다 모래는 떨어져나갔을 것이다. 서울로 돌아오는 어딘가부터는 외투에 묻어온 바다 짠내도 씻겨나갔을 것이다.

내 청춘의 십대를 마감하기까지 바다는 고작 그랬다. 그렇게 두 번 가본 바다는 몹시 더럽거나 무척 깨끗했다. 단지 저 먼 곳에 잠깐 다녀왔을 뿐이었다.

이십대 시절 바다는 더 먼 곳에 가 있었다. 내가 찾아간 바다는 그때까지도 별로였다. 나는 그 바다보다 훨씬 더 먼 저 곳의 바다를 꿈꿨다. 시에서, 노래에서, 소설에서, 영화에서 바다는 이국적인 거기 어딘가에서 나를 불렀다. 그 바다는 첫사랑도 못해본 풋내기 청춘의 두 눈에서 이유 없이 눈물을 불러내는 눈부신 무엇이었다. 저, 먼, 어딘가, 그 바다. 위로 탁 트이고 아래로 깊이를 모르겠고 좌우로 끝없는 바다. 구차한 현실을 거짓말처럼 모두 소멸시켜 버리는 바다가 있었다.

반면 사회 운동에 전념했던 이십대 10년간 너댓 번쯤 훌쩍 다녀온 바다는 그렇지 못했다. 여름 바캉스 철에는 갈 일이 없어 겨울철에만 후다닥 다녀온 바다는 스산했다. 내 안에 들어온 바다의 꿈들과 달랐다.

한 번은 같은 조직에서 사회 운동을 하던 친구와 바다에 갔다. 친구는 애인과 헤어지려고 하고 있었다. 당시 내가 알던 사회 운동의 선후배는 대부분 연애의 실패자였다. 동지애와 무관한 개인적인 연정은 거칠게 파기되었고, 동지애를 좇은 사랑은 훗날 보니 파국을 맞은 경우가 많았다. 나는 연애의 도망자쯤 되었다. 친구를 따라간 바다는 우악스러웠다.

친구는 바다의 억센 찬바람을 맞으며 말없이 서 있었다. 나는 그 아픔을 공감할 수 없었고 그냥 자리를 지켰다. 그렇게 오래 바다를 보았다. 그랬더니 흐린 바다는 강풍에 곤두선 내 얼굴에서도 스멀스멀 흐린 물을 불러냈다. 인생을 모르는 젊은이의 콧등이 괜히 시큰했다. 콧물과 눈물이 나왔다. 꽥 소리를 지르고 싶었으나 친구의 침묵 때문에 참았다.

서른 살 진입을 망설이며 불안해하던 어느 날, 비명횡사한 후배의 장례식장에서 나는 사회 운동의 동료들과 뒤엉켜 짐승처럼 싸웠다. 주먹질과 발길질로 분노하고 발악하며 서로 죽일 것처럼 굴었다.

그날 밤 난장판을 벌인 우리를 한 선배가 집으로 데려갔다. 대화는 없었고 뿔뿔이 잤다. 나는 혼자 거실에 남아 씩씩거리다가 비디오테이프를 만지작거렸다. 영화 〈지중해〉. 선배가 조촐한 술상을 들고 와 옆에 앉았다. "그거 볼래?" "예." "같이 보자." 나는 더 이상 말하고 싶지 않았다. 그렇게 심드렁하게 영화를 보기 시작했다.

오프닝 자막. "이런 시대에 살아남아서 꿈을 꿀 수 있는 것은 도피뿐이다." 에게 해의 작은 섬 미기스티에 도착한 파시즘 군대의 병사 여덟 명은 술과 사랑과 낮잠과 대마초와 파티와 해변 축구의 낙원을 만난다. 유부녀든 창녀든 사랑하고 노새를 돌보고 시를 읽고 성당의 낡은 벽화를 그리는 병사들의 나날. "도피를 갈망하는 모든 이들에게 바친다"는 엔딩 자막.

영화를 보는 동안 대책 없이 줄줄 울었다. 화면에 바다가 등장할 때마다 물컹하면서 내 안의 바다가 넘쳐나려고 했다. 몸 안에 갇혀서 딱딱하게 굳어 있던 물이 그날 밤 연신 새어나왔다. 지중해, 에게 해, 미기스티 섬의 바다, 저 먼 곳의 바다들이 내 발가락에서 머리꼭지로 남김없이 차오르더니 그냥 터졌다. 선배는 말이 없었다. 고마웠다.

바바 여행 초기에 아내와 나는 바다를 보면 어김없이 "야아" 소리치거나 "죽인다!" 하면서 맞장구를 쳤다. 반나절 내내 바다만 보며 걸을 때도, 건물과 건물 사이에서 바다를 볼 때도, 대문이나 담장 너머로 바다를 볼 때도 그랬다. 자고 일어나면 바다였고 걷는 동안 바다였다.

4월에 시작한 1차부터 5차로 끝난 6월까지 바바 여행은 흐린 날이 잦았고 비는 수시로 뿌렸다. 몸은 고되었지만 바다만 보면 좋았다. 바다 끼고 걷는 동안에 몸의 모든 더듬이는 바다의 냄새와 바람과 소리와 풍경을 무진장 탐닉했다. 질리는 줄 몰랐다. 저 먼 곳에 막연하게 있었던 바다의 이미지들이 하루하루 지척에서 퍼덕거렸다. 날마다 신기했다.

아내와 2차 바바 여행을 떠난 첫날 우리는 바다에 도착하자마자 다시 서울로 돌아왔다. 겁 없이 하구를 건너다가 훌러덩 빠지는 통에 휴대폰과 디지털 카메라를 못 쓰게 되었다. 수리 때문에 서둘렀지만 그날 하루는 고속버스를 세 번 타는 데 다 썼다. 새벽에는 서울에서 바다, 낮에는 바다에서 서울, 밤에는 서울에서 다시 바다.

바다는 마침내 당도하는 곳이 아니라 애초 떠나온 곳이며 서둘러 돌아가야 하는 곳일지 모르겠다는 생각이 들었다.

깜깜한 밤 다시 바다에 도착했을 때 이상하게도 마음이 편했다. 원래 있어야 마땅한 곳으로 간신히 돌아온 것 같았다. 아내와 나는 어깨동무를 하고 콧노래를 부르며 가로등 불빛 어스름한 작은 항구의 아무 골목길로 그냥 걸어 들어갔다. 그날 밤 우리는 여관에서 잠을 참 달게 잤다.

뭐 하세요?

아내와 나 사이에는 늘 바다가 있었다. 대안 학교 동료 교사였던 그를 보고 반해서 첫 작업에 들어간 것은 변산 앞바다에서였다. 대안 학교 전교생이 참가한 겨울 캠프. 나는 해변에 홀로 앉아 따듯한 캔 커피 두 개를 모래 속에 박아두고 있었다. 그가 나를 보고도 오지 않는다면…… 아냐 올 거야…… 제발 와서 앉아다오…… 그렇게 속으로 옹알거렸다.

그때 거짓말처럼 그가 다가와서 말을 걸었다. 우리는 나란히 앉아서

식은 캔 커피를 마셨다. 어떤 대화를 했는지는 이제 기억에 없다. 대신 그를 기다리며 피웠던 까칠한 담배 맛과 시린 손과 서러웠던 바다가 떠오른다. 그가 다가와서 함께 마셨던 달콤한 커피 맛과 따듯한 웃음소리와 안온했던 바다의 풍광이 선명할 뿐이다. 같이 바다를 보았다.

연애가 시작된 초기에 우리는 대안 학교의 걸바(걸어서 바다까지) 프로젝트에 동행했다. 남양주에서 출발해 강릉 바다에 도착하는 7박8일의 도보 여행이었다. 그도 나도 담임이어서 맡은 아이들이 있었고 일과는 빠듯했으나 눈빛과 손짓을 주고받는 틈틈으로 하루가 충만했다. 그는 선두에 서고 나는 후미에서 한계령을 넘었지만 우리는 같이 있었다.

걸바 마지막 날 아이들은 지친 몸을 이끌고 하나둘 바다에 도착했다. 예정과 다르게 밤늦게 바다에 다다랐다. 하늘도 바다도 파도 소리까지도 전부 컴컴했다. 아이들은 따로따로 바닷가 앞에서 허물어졌다. 멍하게 서 있는 아이, 털퍼덕 앉는 아이, 우는 아이, 아이들 속에 그가 있었다.

그는 아이들의 어깨를 다독였다. 나도 따라 했다. 돌아오는 고속버스에서 아이들이 잠에 곯아 떨어졌을 때 나는 고개를 돌려 뒷좌석의 그를 힐끔힐끔 쳐다보았다. 그도 나를 보고 있었다. 훗날 평가회 자리에서 아이들은 걸바 동영상을 보고 나서 "내가 찾던 바다는 그곳이 아니라 내 안에 있었다"는 식의 성숙한 말을 했지만 나는 그 밤바다가 좋기만 했다.

헤어져야 할 것 같아.

요가 단식을 일주일간 다녀온 그는 힘없는 목소리로 또박또박 말했다.

그는 나를 만나기 전 이미 결혼을 약속한 상대가 있었다. 그렇게 어긋난 자리에서 연애인지 아닌지 모를 연애를 시작했던 것이다. 나는 우리의 장래에 대해 말하기를 회피했지만 그는 우리의 결혼 문제를 속으로 차분하게 생각했다. 그리고 "너를 사랑하지만……"이라고 말했다.

그의 제안으로 마지막 여행을 떠났다. 내가 차를 운전했는데 목적지는 없었고 서울에서 그냥 동쪽으로 달리다보니 바다였다. 겨울 바다를 보며 해안가를 걸었고 횟집에서 쓴 소주를 나눠 마셨다. 다시 밖으로 나와 바다 찬바람을 맞았다. 바닷가에는 작은 모래탑 두 개가 보였다. 조개껍질들이 하트 모양으로 그 테두리를 감싸고 있었다.

돌아오는 길은 걸바 코스를 되짚어 오는 길이었다. 나는 그 길밖에 몰랐다. 걸바를 하며 같이 밥 먹었던 식당이 지나가고, 아이들 몰래 손잡고 걸었던 길이 지나가고, 기념 사진을 찍었던 강원도 경계 표지판이 지나갔다. 기억들이 쉭쉭 지나갈 때마다 코끝이 아려왔다. 눈물이 났다. 운전 때문에 나는 힘이 들었다. 그는 손으로 내 눈가를 닦고 또 닦아주었다.

우여곡절 끝에 우리의 연애가 다시 시작되었을 때 재회의 첫 자리는 홍대 앞에 있는 'bar다'에서였다. 'bar다'는 작은 술집이다. 그는 마가리타를 마셨고, 나는 마티니를 마셨다. 같이 기네스 흑맥주를 마셨고 땅콩과 멸치를 고추장에 찍어먹었다. 이별 여행 때 그 바다에 어떤 표지도 남겨두지 않은 것을 다행으로 여기면서 우리는 바다 속에서 즐겁게 취했다.

그리고 결혼했다. 그는 나의 아내가 되었고 나는 그의 남편이 되었다. 'bar다'의 김명렬 사장이 결혼식장에 와서 사진을 찍어주었고, 우리는 스무 명 남짓 되는 친구들과 어울려 바다에서 결혼식 뒤풀이를 했다. 결혼을 하고 다섯 달 뒤에 아내와 나는 짐을 싸서 바바 여행을 떠났다.

아내와 함께 한 바바 여행은 3차까지였다. 1차는 도시를 떠난 서울 토박이에게는 나날이 본다는 것 자체로 신기한 바다였다. 2차부터는 원래 있던 곳으로 귀환해서 만나는 것 같은 편안한 바다였다. 본디 바다를 잘 알았으나 어떤 연유로 그 기억이 심해로 가라앉았다는 듯 바다는 나의 본성으로부터 무언가를 계속 떠올리게 했다. 3차도 그랬다.

바다를 보는 일은 차츰 덤덤해졌고 가끔 심심하게도 다가왔지만 무료한 적은 없었다. 바다는 보면 볼수록 보는 사람의 뇌를 말끔히 비워내고 몸 안을 차가운 물로 속 시원하게 적셔주는 효험이 있었다. 생각은 단순해지고 감정은 정직해졌다. 아내도 나도 그 기운 때문에 바다를 보고 걷는 동안 점점 더 자기 자신의 바다 속으로 걸어 들어갈 수 있었을 것이다.

"무슨 생각해?" 물으면 "아무 생각 안 해" 대답했다. 아내와 나는 지난날의 바다들에 대해 떠오르는 대로만 이야기를 주고받았다. 바다에 얽힌 우리의 이야기들은 시공간을 초월해 지금 여기 바다를 보며 걷고 있는 자리로 전부 돌아오고 있었다. 바다를 보며 오래 걷다보면 바다가 우리를 따라오며 심연의 기억들을 철썩철썩 되돌려주었다.

아내는 남해 어느 섬의 텅 빈 해수욕장에서 가족을 떠올렸다. 아주 어렸을 적, 엄마 아빠와 여기에 왔어, 밤이면 전깃불도 안 들어와서 무서웠어, 사방 천지에 쏴아~ 쏴아~ 소리만 들렸어, 그러다 엄마 품에서 잠드는데, 다음날 일어나면 은빛 부서지는 바다더라, 하는.

그렇게 바다의 기억은 소중한 사람과의 관계를 통해서 되돌아왔다. 반면 나는 가족을 떠올리지 못했다. 부모는 북에서 피난 와 평생 바삐 살았다. 바다는 내 나이 스무 살에 죽은 아버지와 서른 살에 죽은 어머니를 돌려주지 않았다. 내 가족은 같이 바다에 온 적이 없다. 아버지나 어머니도 나처럼 따로 바다에 왔을 것이다. 그 바다가 무엇인지 나는 몰랐다.

지금 어디야?

4차 바바 여행부터 나는 홀로 바다를 보았다. 삼십대 중반까지는 혼자거나 여건 맞는 친구끼리 뭉쳐서 날치기로 바다를 다녀왔다. 그때 같이 간 친구가 누구더라, 그 바다가 아니었나, 싶게 바다까지 동행했던 친구들은 모두가 서로에게 혼자였다. 그때처럼 나는 혼자였지만 아내는 수시로 전화를 걸어와 그 바다를 기억할 수 있게 해주었다.

시간의 흐름은 장소에 따라 달라지고 기억은 그 장소에서 누구와 연결되어 있는가에 따라 확연하게 달라진다. 해서 어떤 시공간은 흔적 없이 사라지고 어떤 시공간은 더욱 강렬하게 되살아난다. 4차와 5차 바바 여행 도중 아내의 음성이 나를 찾아올 때마다 생중계했던 그 바다는 잊을 수 없다. 아내와 나 사이에서 멀고도 가깝게 귀에서 귀로 넘실거린 바다.

혼자 보는 바다는 여러 모로 달라져 있었다. 그것은 열망이 들끓었을 때 내쳐 달려가 배설하는 그 바다가 아니었다. 서울에서 바다로 가는 동안 차 안에서 머리로 동경했던 이미지를 실물에 대조하는 그 바다도 아니었다. 생활이 치사하고 삶이 비참해서 도피하듯 숨어들었다가 잊었던 약속 때문에 번뜩 정신을 차리고 떠나온 그 바다도 아니었다.

그랬던 바다는 그때마다 원했던 것들을 남김없이 충족해 주긴 했으나 돌아서면 다시 저 먼 곳에 가 있었다. 4차부터 마지막 5차 바바 여행까지 나는 조금 다른 바다를 만나고 있었다. 그 바다를 보는 동안 내 안에 오래 머물러 있던 것들이 축축하게 젖었다. 욕망, 격정, 기대, 실망, 근심, 불안 같은 것들이 발밑에서 질퍽질퍽 밟혔다.

종일 바닷가를 걷고 배고프면 먹고 해 지면 잠자리에 들었다. 별 생각 없이 바다 보고 걷는 나날은 조금씩 더 내 안으로 들어와서 바다로 통하는 물꼬 하나를 점점 넓게 터주었다. 딱딱한 감정들이 하나둘 흐느적거리다가 잘게 부서지고 차례차례 몸 밖으로 흘러내리는 것 같았다. 지나가 버린 날들과 오지 않은 날들에 대한 걱정이 줄어들었다.

돌아보면 바바 여행 전까지 바다는 그 먼 곳으로 달려가는 동안에만 잠꼬대처럼 얼핏 내비치고 있었다. 그렇게 당도한 바다는 내가 찾던 그것을 바다라고 넙죽 보여주었지만 나는 번번이 속고 있었다. 몸을 밀어서 바다와 함께 걷는 동안 바다는 설령 내가 서울의 어느 곳 어느 때에 붙박여 있어도 언제든 만날 수 있는 바다가 어디에 있는지 보여주었다.

너무 슬퍼하지 마.

바바 여행을 다녀온 그해 겨울 아내는 원했던 임신을 했다. 3주차였을 때 의사는 유산할 수 있다고 했다. 우리는 초음파 사진 한 장을 들고 집에 왔다. 바다의 심해처럼 보이는 사진에는 까만 점이 하나 있었다. 아기집. 그 깊은 곳에 집은 마련해 두었지만 아기의 영혼은 들어올지 말지 망설이는 것 같았다. 나는 아기를 원하지 않았던 나 때문일까 싶었다.

12월 15일 금요일. 아내는 하혈을 했고 수술을 받았다. 새하얀 낯빛이 된 아내는 병원 침대에 눕자 울기 시작했다. 눈물을 닦아주자 "울어야 돼" 하고 계속 울었다. 그날 새벽 자궁 속 깊은 곳에서 배꼽을 지나 목구멍을 타오르더니 정수리에서 찡― 하면서 기분 좋게 환해지는, 꿈인지 생시인지 모를, 느낌이 너무 선명한 체험이 있었다고 아내는 말했다.

이야기를 하다 말고 아내는 다시 울었다. 아기가 아기집으로 들어오는 순간인 줄 알고 푹 잤는데 떠나는 거였다고, 다음에 보자며 안녕 하는 순간이었다고, 울면서 말하는 아내가 안쓰러웠다. 내가 울려고 하자 아내는 이제 다 울었다면서 너무 슬퍼하지 말라고 나를 위로했다. 나는 아내의 창백한 얼굴과 두 눈을 보다가 그 깊은 바다 속 아기집을 보았다.

그때까지 나는 아기 없이 살자는 주의였다. 아버지와 어머니와 외숙부와 이모부와 작은 매형의 사망, 사회 운동을 같이 했던 후배 두 명의 급사, 나에게 해방 신학을 가르쳤던 교회 선생님의 자살, 병원에서 나자마자 숨진 누나의 아기. 죽음은 흔하고 삶은 고단한 것이라고 믿고 있었다. 아무리 생각해도 아기를 낳아 사람을 기르는 일은 한사코 망설여졌다.

그러나 초음파 사진과 아내의 두 눈에서 그 깊은 바다를 보고 나서, 그 심해를 떠다니는 까만 아기집을 보고 나서, 바다 속 그 집으로 돌아와야 할 어떤 존재감을, 허나 아직은 돌아오지 않은 그 어떤 실체를 잊을 수 없었다. 그것은 내 의지나 판단의 몫이 아니었다. 새해를 맞으면서 나는 그 바다 속 아기집을 다시 열심히 지어보자고 아내와 약속했다.

나 역시 바다 속 그 집에서 나왔다. 바다를 헤엄치다가 서툰 발자국을 남기며 세상으로 걸어 나온 사람들은 모두 저마다의 바다를 동경하며 열심히 살아간다. 그러다가 삶이 지나치면 자신이 바다에서 왔으며 스스로 바다라는 것을 잊은 채 좀더 많은 과업을 이룬 다음 여유를 갖고 바다에 가겠노라 생각한다. 그때부터 바다는 저 먼 곳에 가 있다.

바닷가에서 나고 자란 사람은 한동안 바다를 보지 못하면 우울해진다고 한다. 그렇듯 우울증이란 바다를 보지 못하고 사는 통에, 그 바다를 기억할 수 없는 탓에 만들어진 병일 것이다. 때문에 사람은 미치지 않으려고 무의식 깊은 곳으로부터 불쑥 바다를 부르는 것일 테다. 그때부터 느닷없이 저 먼 바다로 달려가는 버릇이 생겨났을 것이다.

어느 한 순간 "아, 바다를 보고 싶다!" 그렇게 본성이 솟구쳐서 온몸을 부르르 떨고 부랴부랴 바다로 달려가지만, 정작 바다에 도착해서는 돌아갈 일부터 궁리했던 과거의 나를 돌아본다. 벗어나고 싶어서, 결단하기 위해서, 포기해야 할 때, 잊어버리려고, 사랑을 만들고자, 헤어져야 하기 때문에, 저 멀리 달려갔던 그 바다에서 나는 얼마나 또 빨리 돌아섰는지.

그러나 65일의 바바 여행 동안에 나는 바다로 달려가 떼쓰지 않았고 바다를 황급히 떠나지 않았다. 그 바다는 여전히 몹시 더럽거나 무척 깨끗했지만 하루하루 지금 여기에 있었다. 그 감각과 경험과 기억이 중요했다. 나는 바다로 돌아왔다. 5차 바바 여행을 끝내고 서울로 가는 동안 나는 기침이나 하품처럼 바다를 몸 어딘가에 달고 살았으면 하고 바랐다.

줄곧 동행해 준 바다는 바바 여행을 마치고 집에 오자 여기저기 풀어놓은 자질구레한 짐들처럼 생활 구석구석으로 흩어졌다. 덕분에 그 속옷을 입으면, 그 양말을 신으면, 그 다이어리를 펴보면, 그 모자를 쓰면, 그 손목시계를 보면, 그 디지털 카메라를 들면, 그 휴대폰을 쓰면, 바다는 수시로 출몰했다. 특히 아내를 보면 바다는 내 몸으로 건너왔다.

바바 여행을 마치고 한 달쯤 뒤에 문득 지도를 펴보았다. 삼면이 바닷길이고 바다다. 북에서 남으로 쭉 뻗어 내려간 동해안, 그 길에서 만난 바다는 꼬인 속을 터주었다. 젊은이의 방장한 혈기를 흉내 내다가 아득바득 걸어가는 내 모습을 알았을 때도 바다는 막힘없이 탁 트인 세계로 내내 거기에 있었다. 그 바다가 심심해지면 남해안 바다로 꺾어진다.

동에서 서로 걸어간 남해안, 바다 어디로 보아도 어지럽게 겹겹 섬과 섬을 두르고 있었다. 멈춰서고 우회하고 돌아 나오며 동서고저로 내려가는 남해안 길에서 바다는 아득했다. 올라갈 때는 몰랐는데 정상에서 내려갈 길을 보니 막막해지는 느낌이었다. 남해를 보고 있을 땐 미끈한 동쪽 바다가 그리웠고, 서해를 보고 있을 땐 다양한 남쪽 바다가 그리웠다.

남에서 북으로 올라간 서해안, 그 길은 남해안에 비해 뻗은 길이고 동해안에 비해 굽은 길이었다. 그 바다 역시 남해보다는 평평하고 동해보다는 주름져 있었다. 남에서 북으로 가는 길은 방위상 오르막이나 정서상 내리막이어서 방금 전에 지나친 바다를 자꾸 돌아보게 만들었다. 그 때문인지 서해안에서 바라본 석양의 바다는 아련하고 숙연했다.

아내와 나는 그 모든 기억을 꺼낼 수 있는 압축 파일을 사진 한 장 속에 넣어두었다. 부산 자갈치 시장에서 만난 얼음 파는 가게. 얼음을 보관하는 냉동고의 은빛 철문에 빨간색으로 '바다 보관소'라고 써 있었다. 바다를 바다가 아닌 곳에서도 보관할 수 있구나, 싶어 사진을 찍었다. 아내와 내 몸이 바다를 보관하고 있다는 사실을 잊지 않고 싶었다.

바다 보관소.

Chapter 02 길

길 #01

지도와 표지판은 넓고 곧게 뻗은 길이 중심이다.

직선의 대로를 보는 일은 얼마 동안 경쾌했다.

초보자의 걷기는 직선과 대로에서 시작된다.

숲 속을 도망치던 주인공이 대로를 발견하고

두 손을 흔들어서 달려오는 차를 세우면 공포 영화는 끝이 난다.

초보자도 같은 심리에서 대로를 찾는다.

길 #02

길이 안 보인다. 아니 길이 없다.

그러다가 나무와 나무 사이로 어디로든 걸으면

다 길이 된다는 것을 알게 되기까지 수차례 맴돌았다.

전진과 후퇴의 개념을 버리자

가고 오고 나아가고 물러서고 전부 길이었다.

지도 밖으로 나가면 걷는 족족 지도가 된다.

가본 길만이 나의 지도다.

길 #03

텅 빈 바다와 텅 빈 해수욕장에

인적이라곤 아내와 나 달랑 둘뿐이다.

한참을 떨어져 걸어도 저만치 먼 곳에

한 점으로 보이는 아내는 나와 같은 곳에서

같은 길을 걷고 있다.

그 거리와 공간만큼 서로 넓어진 우리는

계속 연결되어 있다.

길 #04

고미를 데리고 걷는다고 생각했을 때에는

짐처럼 불편하기도 했다. 허나 고미는

걷는 내내 아내와 나의 제각각인 보행을 미묘하게 조절하면서

호흡을 맞춰주는 조율자 노릇을 했다.

아내나 내가 좀 멀어진다 싶으면 고미는 아예 멈춰 섰다.

덩달아 우리는 서로를 기다렸다가 같이 걸었다.

꾸역꾸역 걸어서 반환점을 돌아야

이 길이 어디로 가는지 보인다.

굽은 길에서는 끝까지 가보지 않으면 아무것도 모른다.

막힌 길인지 내려가는 길인지 올라가는 길인지.

땅만 보고 걷는 사람이 왜 무서운지 알았다.

코너까지 가서 돌아서면

왔던 길과 가야 할 길이 전부 보인다.

길 #05

길 #06

인생은 혼자라고 느낄 때,

식당에서 혼자 밥 먹을 때,

영화관에서 혼자 나올 때,

생일 혼자 맞을 때,

아파서 혼자 끙끙댈 때,

그이와 왔던 자리에 혼자 왔을 때.

벤치로 변한 나무와 외로운 나무가 서로 벗하고 있다.

그들처럼 하늘과 바다는 안개 속에서 분간되지 않는다.

아무의 애인이라도 되고 싶다.

길 #07

아내 없이 혼자 걷는 동안에는
잠시 쉬어가는 곳마다 아내의 음성이 그리웠다.
아내의 체취가 그리웠다. 아내의 웃음이 그리웠다.
아내와 동행하는 동안에는 대수롭지 않게 여겼던
그만그만한 쉼터들에서 나는
아내의 커다란 존재감을 느끼고 탄성을 질렀다.

아름다운 길은 언제나 집으로 돌아가는 길이다.

생애 처음 낯선 섬에 발 딛고

모르는 길을 마냥 걷다가

마음의 밑받침이 뻥 뚫리는 순간이 있다.

아름다운 길에 들어섰을 때다.

마음 밑바닥에 엉켜 붙었던 찌꺼기들이

말끔히 빠져나가는 기분이다.

길 #08

길 #09

그대로 돌아 나올 게 뻔히 보이는 길 끝에

굳이 가보고 싶을 때가 있다.

갯벌에 정박한 배들은 묵묵히 물때를 기다린다.

이곳에서 뭍으로 올라온 선원들은 여기가 귀환점이고 출발점이다.

여행자의 어설픈 눈길만 이곳에서 길의 끝을 찾는다.

갯벌의 작은 선착장 다리도 물이 차면 둥실 떠오를 것이다.

길 #10

루쉰은 말했다.

길은 길이 아니었다고,

여럿이 걸어가서 길이 되었다고.

여럿이 발 구르며 달려가야 생기는

역사의 길들은 얼마나 많았던가.

하루에 한 번 오는 섬 마을 버스 정류소에 앉아 생각한다.

흔적 남기지 않고 혼자 조용히 다녀오는 길,

그런 길을 각자 다녀오면 좋겠다고.

때때로

우리는 앞서거나 뒤쳐졌고 티격태격 어긋나게 걸었다. 아내는 아내의 리듬대로 나는 나의 호흡대로 각자 갔다. 그러나 동반자에게 소중한 것은 일치하겠다는 열망이 아니라 서로의 거리를 끝끝내 바라보는 것이 아닐까…

Chapter 02

길

길을 떠났다. 날마다 집을 나서듯 길 나선다고 해도 그만인 것을 가슴 한쪽에는 굳이 길 떠난다는 말을 박아두고 있었다. 살던 곳에서 다른 곳으로 옮겨간다는 휑함과 일상에서 떨어져나간다는 뒤숭숭함. 그만큼 나의 지금 이곳에 대한 집착은 끈질겼다. 서울이라는 거대 도시의 어느 한 구석에 나는 너무 오래 웅크리고 살았다.

길은 떠났지만 어떻게 해야 떠난다는 말이 삶을 정돈하는 쓰임새에 이르고, 마침내 죽음조차 홀가분한 여행처럼 다가올 수 있는지 나는 몰랐다. 그만큼 나는 막 살았다. 닥치는 대로 허우적댔고 몸부림쳤다. 손 놓으면 죽는 줄 알고 일에 매달렸다. 그런 기분은 서울에서 동해로 가는 고속버스 안에서 뒤엉킨 잡초처럼 무성했다.

속초에 도착해서 땅에 발 딛고 주섬주섬 걷기 시작했다. 아내와 고미와 나는 바다를 보며 걸었다. 평일의 바닷가는 적막했다. 하늘은 흐렸고 바람은 셌으며 파도는 사나웠고 공기는 차가웠다. 조금 전에 떠나온 4월의 서울이 갑자기 아득한 비현실처럼 멀리 가 있었다. 북적거리고 흐느적거리던 그때 그곳과 딴판인 지금 이곳이 따로 있었다.

걷고 보니 떠났다는 의식은 흐려지고 대신 길과 길에 연이어 들어서고 있었다. 한 시간쯤 걸었을 무렵 서울의 그때 그곳에 있었던 나라는 존재감과 분리된 또 다른 내가 있는 것 같았다. 어디로부터 무엇과 결별하며 떠나온 것인지 서서히 잊어먹고 있었다. 삶을 사로잡고 놓아주지 않을 듯 굴었던 그것들이 별것 아니게 떠나고 있었다.

두 시간 가량 지나자 배낭 속 지도를 꺼내들고 틈틈이 거리와 속도를 확인하는 일이 성가셨다. 서너 시간이 흘렀어도 지도에서는 한 점 다음의 한 점이었다. 그새 여러 길을 거쳤고 많은 풍경을 만났지만 지도에 의존하는 감성은 참으로 빈약했다. 몇 시야? 얼마나 왔어? 아내와 나는 그렇게 서로에게 묻는 일이 한심하게 느껴졌다.

퀵 서비스 배달 가?

아내와 바바 여행을 궁리했을 때 계획 같은 것은 포기하기로 했었다. 날마다 몇 킬로미터를 가고 얼마만큼 빠르기로 걷고 아침 몇 시에 출발해야 한다는 식의 기준이나 목표를 정하지 말자고 했다. 그냥 걷기로 했다. 허나 급한 약속이라도 있는 사람처럼 나는 어느새 다시 바삐 걷고 있었다. 열심히 걷다가 뒤처진 아내 한번 보고 다시 걸었다.

주변은 끝없는 바다와 첩첩산중과 허허벌판이었다. 그곳에 일하러 간 것도 아닌데 나는 몰랐다. 마치 비행기를 타고 한잠 자면 바다 건너 훌쩍 다른 땅에 가 있듯, 지하철에 몸을 맡기면 땅속을 관통하다 때맞춰 출구로 총총 빠져나오듯, 승용차로 밤새 달려가서 내리면 그뿐인 듯 행동하는 것. 출발하고 도착하면 끝나는 도로인 줄 알았다.

그럴 때면 아내는 내 뒤통수에 대고 핀잔을 주었다. 그랬다. 나는 인생을 퀵 서비스하는 배달부처럼 살았다. 인생이란 나를 나에게 보내는 길인데, 나는 내 자신이 될 수 있었던 수많은 길을 휙휙 스쳐 보냈다. 덕분에 매번 서둘러 당도한 어딘가에서 다음에는 또 어디로 갈지 두리번거리는 더듬이만 키웠다. 지나온 길과 가지 않은 길은 상관없었다.

그렇듯 목적 의식과 속도감에 포박당한 삶을 느슨하게 풀어주려고 바바 여행을 시작한 것이다. 돌진하는 삶이 벅차서 고삐 풀린 삶의 길은 어디로 가는지 그냥 따라가 보자고 떠난 것이다. 어느덧 중년의 문턱에 서고 보니, 지나온 길 곳곳에서 사방 어디로든 갈 수 있었는데 한사코 회피하고 지나쳤던 그 길목으로 다시 돌아가 보고 싶었다.

돌아갈 수 없다.

젊은 날에는 일단 그리로 가면 돌이킬 수 없었던 길이 왜 그리 많았을까? 십대 후반이었을 것이다. 해방 신학을 접한 나는 목회의 길을 가는 '착실한' 형과 '경건한' 신에게 마음의 작별을 고했다. 마르크스 레닌주의 그룹에 가담하고는 해방 신학을 알려준 '개량주의' 교회 선배들을 떠났다. 같은 그룹에서도 '결정적인' 노선 때문에 수시로 갈라섰다.

갈림길마다 나를 둘로 나누고 하나를 택했다. 돌아가려는 나와 떠나가려는 나. 그 무렵 나는 늘 떠나가는 자리에 있었다. 아니 돌아갈 수 없다고 생각했다. 세속적이고 혁명적이며 근본적인 자리로 나를 끌고 들어갔다. 그렇게 돌이킬 수 없는 길들이 늘어나면서 이십대 10년이 지나갔다. 그리고 서른이 되던 그해 어머니가 쓰러졌다.

임종까지 그 6개월 동안 나는 종일 어머니와 같이 지냈다. 병수발과 조직 활동을 두고 나는 그때 처음으로 돌아가는 길을 선택했던 것 같다. 당시에 막 교회 목사가 된 형과 사모 일로 바빴을 형수를 얼씬도 못하게 단도리한 어머니는 내 얼굴만 쳐다보았다. 마지막일지도 모르는 어머니의 그 길로 돌아가지 않을 수 없었다.

담도암 말기. 두 번의 수술. 첫 두 달간 희망을 가졌다가 포기한 어머니는 퇴원을 자청하고 집에 누웠다. 날마다 바짝바짝 메말라갔다. 통증이 오면 내가 주사를 놨다. 어머니 머리맡에서 하루 세 번 성경을 낭송했다. 가끔 찬송가도 불렀다. 사나흘에 한 번 목욕을 시켰다. 머리카락부터, 온몸을, 젖가슴과 성기와 항문으로, 발가락까지 구석구석 닦았다.

늙고 병들어 죽음을 기다리는 한 여성의 몸을 씻기면서, 그 작은 몸이 하루하루 쪼그라드는 모습을 지켜보면서, 어머니의 길은 어디로 가고 있을까 궁금했고 그런 나 때문에 놀랐다. 어머니를 떠나온 그곳에, 돌아오지 않으리라 여긴 그 길에, 나에게 오려고 날마다 길 떠나고 돌아선 어머니의 길이 있었다. 그 길을 어렴풋이 보는 것 같았다.

나는 한 번도 동행한 적 없었던 길, 나를 낳고 매일 집과 교회를 오간 어머니의 새벽 기도길. 나는 마중도 배웅도 할 수 없었던 길, 구속된 자식 보러 경찰소와 구치소로 달려왔다가 혼자 돌아가야 했던 길. 눈감기 전날 어머니는 모기보다 작은 목소리로 말했다. "애썼다." 나에게 왔던 어머니의 길을 나는 얼마나 오래 잃어버리고 살았던 걸까?

길을 잃어버리는 순간만큼 길에 대한 태도가 확연하게 달라지는 때도 없다. 대도시 도로 문화에 익숙한 나에게 길을 잃는다는 느낌은 꽤나 관념적이었다. 곳곳에 표지판과 노선표가 있고 차에는 네비게이션이 있다. 허나 해안도로를 벗어나 숲 속으로 들어갔다가 길을 잃어버렸을 때 나를 통째로 잃어버리는 것 같은 당혹감을 맛보았다.

숲 속에서 흙길은 점점 좁아지다가 어느 순간 연기처럼 사라지곤 했다. 그 자리마다 나는 꼼짝달싹 못하고 어둠 속에 갇혀 있었다. 햇빛이 들지 않아서가 아니다. 어디로 가야 할지 모르겠다는, 눈앞에서 길이 없어졌다는, 길이 보이지 않는다는 순식간의 두려움 때문에 정말 아무것도 볼 수 없었다. 내가 어디에 있는지 알 수 없는 그 기분.

숲에서 길의 향방은 수수께끼다. 우거진 잎사귀가 앞을 가리고 잡풀이 발을 뒤덮고 우렁찬 나무들이 하늘을 가리는 숲 속에서 길은 있다가도 감쪽같이 없어진다. 그럴 때면 길을 잃어버렸다는 사실부터 받아들여야 한다. 전진과 후퇴의 잣대가 소용없다는 것을 알아야 한다. 가고 오고 물러서고 기다리고 돌아가는 걸음걸음이 길이다.

길은 꼭 그런 다음에 나타난다. 그 길로 가면 종종 왔던 곳으로 돌아오곤 한다. 왔던 길 고스란히 돌아가도 이미 같은 길이 아니다. 어머니가 나에게 왔던 길, 이제는 그 길로 돌아가도 어머니를 만날 순 없지만, 그 길은 잃어버렸다가 나타난 길이고 새로운 길이다. 나에게 왔으나 맞이할 줄 몰랐던 그 길로 나는 좀더 그냥 걸어야 했다.

같이 가.

나는 잠깐 기다렸다가 다시 앞서 걸었다. 얼마 뒤에 아내가 말했다. 좀 빨리 갈래. 사진을 찍느라 주춤했던 내 걸음이 거슬렸나보다. 한참 뒤에 아내는 말했다. 여기서 놀다 가자. 놀이터를 발견한 아내는 그네를 타며 혼자 놀았고 나는 다시 사진을 찍었다. 아내는 말했다. 이것 봐. 나는 힐끗 보다 말았다. 아내는 더 말하지 않았다.

나는 안았던 고미를 내려놓았다. 고미가 힘들어하는데 좀더 안아주라고 아내는 말했다. 나는 그냥 끌고 갔다. 아내는 고미를 가로채더니 품에 안고 저만치 앞서 갔다. 나는 좀더 가서 쉬자고 하면 아내는 지금 쉬자고 했다. 내가 더 쉬려고 하면 아내는 훌훌 자리를 털고 일어났다. 내가 여기서 자자고 하면 아내는 딴 숙소를 찾아보자고 했다.

길에서 우리는 앞서거나 뒤처졌고 티격태격 어긋나게 걸었다. 나란히 걷기보다 홀로 길 위에 있는 모습을 서로 자주 보여주었다. 토라지고 다툴 때마다 아내와 나 사이에 길이 벌어졌다. 같은 길을 걸었지만 아내는 아내의 리듬대로 나는 나의 호흡대로 각자 갔다. 내가 아내에게 가는 길과 아내가 나에게 오는 길은 시시때때로 달랐다.

놀듯이 걷자고 떠난 길에서 동행인을 대하는 마음은 수시로 불편했다.

아내가 배고플 때 나는 배고프지 않았고, 내가 눈길 주는 풍경에 아내는 심드렁했으며, 아내가 초롱초롱 빛날 때 나는 기운이 빠져 있었다. 나와 아내는 사사건건 간발의 차이로 미묘한 거리를 두고 있었다. 한 번은 숙소를 잡아둔 다음 따로 저녁밥을 먹기도 했다.

그것이 문제가 아니라는 것을 안 것은 아내 없이 혼자 바바 여행을 하는 동안이었다. 같은 길에서도 내가 보는 길과 다른 길을 보았던 아내가 그렇게나 다른 나를 지켜보느라 유지되었던 그 거리. 같이 걷는 동안 아내와 나 사이로 느슨하게 또는 팽팽하게 오갔던 거리. 따로 또 같이 걷는 내내 번번이 부대꼈던 그 거리가 그립고 고마웠다.

동반자에게 소중한 것은 서로 일치해야 한다는 열망이 아니라 서로를 견뎌야 하는 그 거리를 끝끝내 바라보는 것이 아닐까 싶었다. 그런 생각은 혼자 바바 여행을 하다가 집에 돌아왔을 때 덤덤하나 편안하게 나를 안아주는 아내의 품 안에서 분명해졌다. 내가 아내와 다르게 걸었다고 느꼈던 그 길이 실은 우리가 같이 걸어온 길이 맞았다.

고미처럼 걸어봐.

길은 목적지에 이르는 통로가 아니었다. 길은 한 걸음씩 그 모양대로 움직였다. 그 한 걸음을 온전히 느끼는 것이 소중했다. 예컨대 오래 걷다 보면 발부터 얼얼해지다가 종아리와 허벅지의 통증도 둔감해진다. 그 어느 순간 배낭에 눌린 어깨와 허리를 펴면 뿌드득 뼈 소리와 함께 길은 두 발바닥을 통해 온몸으로 시원하게 들어왔다.

그렇듯 길의 정취는 어떻게 걷느냐가 좌우했다. 안 그래도 내 걸음걸이는 직립과 직진 프로그램밖에 입력된 것이 없는 로봇처럼 뻑뻑했다. 반면 아내는 무규칙 이종 걷기의 대가였다. 뛰어가다가 느릿느릿 걷고 게처럼 옆으로 걷다가 뒤로 걸었다. 소풍 가는 길에 틈만 나면 딴짓 하는 아이 같았다. 그런 아내가 고미와 함께 걸으면 보기 좋았다.

고미는 누가 줄을 잡느냐에 따라 모습이 딴판이었다. 내가 줄을 잡고 가면 종종 끌려오는 느낌이 들었다. 곧잘 멈췄고 딴 데 가려고 용도 썼다. 그럼 나는 더 바짝 잡아당겼다. 그러던 고미가 아내와 갈 때는 코를 땅에 처박고 머리와 몸통과 엉덩이를 사방으로 흔들면서 걸었다. 덩달아 아내도 전후좌우 불규칙하게 끌려가며 신나했다.

아내의 말이 옳았다. 나는 자세를 바꿨다. 긴장을 풀고 다리와 어깨의 힘을 뺐다. 걸음 따라 몸이 흔들리게 그냥 놔두었다. 눈은 길의 끝점에서 거둬들여 사방으로 흩어지게 내버려두었다. 그런 다음에서야 조금씩 느낄 수 있었다. 직선 도로에 길들여져 속도감밖에 모르던 온몸의 감각이 하나둘 깨어나기 시작했다. 살짝 휘감아 도는 길만 만나도 몸은 얼른 생기를 빨아들였다.

바닷가 마을에서 본 아이들은 아무도 똑바로 걷지 않았다. 왔다갔다 제멋대로 걸었다. 살아있는 제 몸에 맞게 움직이며 길을 걸을 줄 알았다. 그런 아이를 데려다가 줄 맞추게 하고 일렬로 걷게 훈련시키는 학교를 오래 다녀선지, 또는 운전을 시작한 다음부턴지, 나는 직진의 대로를 직선 코스로 가는 것만이 길인 양 착각하고 살아온 것이다.

뭣 하러 돌아서 가노?

해안가의 길도 대부분 곧고 넓게 뻗은 길이 차지하고 있었다. 마을 뒷산의 비포장 시골길을 빠져나와 밭일하는 노인에게 물었다. 바다 따라 걷는 마을길은 어디에 있느냐고. 그러자 노인은 힘들게 돌아가려는 까닭을 모르겠다는 듯 주름 자글자글한 미소로 되물었다. 소박한 배려의 마음도 빠른 직선의 대로를 가리키고 있었다.

바닷가 모양 따라 구불구불 휘어진 구 해안 도로는 그나마 괜찮았다. 새로 생기는 바닷가 인근 도로는 더할 나위 없이 직진의 대로였고, 오르내리는 고갯길도 싫어서 아예 막힘없이 허공을 수평으로 날고 있었다. 비좁고 삐뚤거리고 낮은 길은 헌 길이고, 쭉쭉 크게 높이 뻗은 길은 새 길이었다. 길을 물으면 어디서나 새 길이 좋은 길로 통했다.

차로 내질러야 맞는 기나긴 일직선 도로 앞에 서면 두 눈은 차를 탄 것처럼 소실점 너머로 달려갔다. 특히 지도에 표시되지 않은 굽은 길을 걷다보면 직진의 대로를 만나야 무의식적으로 안심했다. 그러나 그 직선 도로를 반복해서 걷자 몸이 먼저 싫증을 냈다. 따분했고 무엇보다 멍청해지는 것 같았다. 그때부터 뻔한 길이 나오면 무조건 옆으로 샜다.

어느 곳에서든 에돌아가는 길로 들어서면 잎을 피우듯 걸음걸음 생기가 일었다. 저리로 빠지면 보성 녹차 밭이라는데 갔다 올까, 여기까지 왔는데 김남주 시인 생가엔 들려야지, 좀더 가면 고정희 시인 생가도 있다는데 갔다 오자, 오늘은 여기서 끝내지 뭐. 그렇게 소소하게 죽이 맞아 옆길로 빠지는 날마다 느끼는 재미가 쏠쏠했다.

사실 삼면 바다를 끼고 걷는 일은 어느 길로 들어서도 통했다. 갈림길에서 어느 길로 가든 바다를 향해 빠짐없이 이어져 있었다. 방향 잃을 걱정이 없었다. 직진의 최단 코스가 아닌 다양한 길을 한사코 배제하고 생략하려는 강박에서 벗어나기만 한다면 아무 문제 없었다. 빙 둘러가든 옆으로 새든 왔던 길을 돌아나가든 다 괜찮았다.

형, 나 이렇게 살아.

조직 활동에 몰입했던 이십대 시절 나는 세 명의 후배를 특별히 아꼈다. 그 중 노동 현장에 갔던 한 후배가 요절했다. 그 아픔 때문에 우리는 서로 상처를 남기며 뿔뿔이 흩어졌다. 그 뒤 한 후배는 중견 기업에 들어갔다. 다른 후배는 출판사 영업 사원이 되었다. 나는 음반을 기획하고 잡지 제작을 하면서 신문 잡지에 글을 쓰거나 방송 일을 했다.

그날 밤 나는 매일 자정에 진행하는 라디오 프로그램 때문에 방송국에 있었다. 막 오프닝 멘트를 하는데 스튜디오 유리창 너머에서 히죽히죽 웃으며 손을 흔드는 양복 차림의 두 사내가 있었다. 녀석들이었다. 몇 년 만에 갑자기 한꺼번에 등장한 두 후배는 이미 한 잔 한 것 같았다. 방송이 끝나자 스튜디오로 들어오더니 나를 끌고 나갔다.

택시를 타고 새벽 두시를 넘겨 도착한 곳은 룸살롱이었다. 앉자마자 중견 기업에 다니는 후배가 호기 있게 말했다. 형, 여기 나 단골이야. 거래처랑 여기 자주 와. 저 아가씨가 내 담당이야. 인사해라. 우리 형 이런 데 안 오는 사람이니까 잘해라. 자, 내가 제조합니다. 자, 형 마셔. 근데

뭘로 건배하지? 아 맞아, 오비 베어즈를 위해!

한때 우리 모두 오비 베어즈를 좋아했고 같이 경기장에 간 적도 있었다. 녀석들은 연거푸 폭탄주를 돌리고 아가씨들은 노래를 불렀다. 하지만 경직된 나 때문에 분위기는 가라앉았다. 한 아가씨가 말했다. 우리 왜 불렀어요? 그때 출판사에 다니는 후배가 말했다. 요즘 오비 베어즈 왜 그래? 옛날엔 잘했잖아! 아가씨들은 모두 나가버렸다.

중견 기업에 다니는 후배는 조직을 해체한 뒤에도 혼자 동료들을 돌보고 있었다. 결혼과 돌잔치 등 경조사를 챙겼고 해마다 송년회를 열었다. 나만 가지 않고 있었다. 후배는 술에 취해 자꾸 같은 말을 했다. 형, 형은 어떻게 살아? 나는 말하지 못했다. 그때 다른 후배가 그를 향해, 넌 어떻게 사는데? 하고 주정을 부리더니 다시 오비 베어즈 타령을 했다.

난 모르겠어. 형은 살기 좋아? 형, 우리 이렇게 살아도 괜찮아? 야, 넌 책 팔아 좋냐? 좋다, 너무 좋다, 임마! 두 후배는 옥신각신하다가 또 건배를 했다. 나가자고 말하자 후배는 내 팔을 잡았다. 그리고 울며 말했다. "형, 나 이렇게 살아." 그날 밤, 아니 그 전이나 그 후에도 나는 말하지 못했다. 어디로 가든, 어느 길 위에 있든, 나도, 너희도, 지금 사는 이 모습, 다 괜찮다고. 그렇게 말하고 싶었는데 하지 못했다.

바바 여행을 마치고 얼마 뒤 '한국의 아름다운 길 100선 공모' 결과가 발표되었다. 대상은 경남 사천시와 남해군을 잇는 삼천포대교. 나는 그 길로 걷지 않았지만 사진을 보니 육지에서 섬과 섬으로 이어진 다리는 굽고 또 굽어서 아름다웠다. 직선으로 갔다면 건너뛰었을 작은 섬들을 빠짐없이 잇고 이은 것이 삼천포대교의 미덕이었다.

중견 기업에 다니는 후배와 출판 영업을 하는 후배에게, 그리고 일찍저 세계로 떠난 후배에게도, 삼천포대교처럼 여기로 돌고 저기로 돌아서 모두 잇닿게 되기를 빌었다. 더는 같은 길을 가지 않아도, 네가 있는 곳으로 가고 내가 있는 곳으로 오는, 그러느라 굽고 휘어 아름다운 길을 통해 언제든 서로에게 돌아갈 수 있으리라 믿고 싶었다.

그 길은 바바 여행 동안 끊임없이 내 안으로 들어오고 다시 나갔다. 지치고 힘겨워서 생각은 줄어들고 몸의 감각이 커지는 순간마다 나에게로 왔었던 한 사람 한 사람의 얼굴이 떠올랐다. 착한 형의 얼굴, 때마다 바뀌는 신의 얼굴, 해방 신학을 알려준 교회 선배의 얼굴, 병상에 누운 어머니의 얼굴, 아내의 얼굴, 조직 활동을 같이 했던 후배의 얼굴이 떠올랐다.

그 얼굴들과 만났던 길 위에서 나는 어떻게 등을 돌렸고 혼자 어디로 내뺐는지, 그때 그 얼굴은 누구를 향하고 있었는지, 지나온 길, 가지 않았던 길, 잃어버렸던 길로 차례차례 돌아가는 것 같았다. 뒤엉키고 갈라서고 겹치고 쪼개졌던 그 복잡다단한 길목에서 어느 길을 봐도 나를 지켜보는 얼굴이 있었다. 나의 길은 그들의 길과 다 연결되어 있었다.

끝내고 보니 바바 여행은 신영복 선생의 강의에서 들었던 것처럼 "머리에서 가슴으로의 여행"이자 "가슴에서 다시 발에 이르는 여행"의 리허설이었다. 이외수 선생의 산문에 쓰인 대로 "마음 밖에 있는 어리석은 길"에서 "마음 안에 있는 너그러운 길"로 접어드는 예고편이었다. 그것은 내가 나 자신이 되고자 한다면 언제든 돌아가야 할 그 길이었다.

돌아갈까? 그래.

우리는 바바 여행을 하다가 아무 때고 집으로 돌아왔다. 오래 손 놓아 둘 수 없는 밥벌이 때문에, 그리운 사람을 만나기 위해서, 여행에 문제가 생겼을 때 내키는 대로 발길을 돌렸다. 해서 늘 새로 길 떠나는 마음으로 집을 나섰고 같은 길에 다시 돌아와 섰다. 같은 곳으로 고속버스를 타고 돌아가면 과거를 통해 미래로 들어서는 기분이었다.

그 길은 며칠 전에 멈춘 그때 그곳이었고 오늘 다시 출발하는 지금 이곳이었다. 마치 길을 내 안으로 겹겹 말아서 포개두었다가 필요하면 활짝 펼쳐놓고 그 길에 발 내딛는 이상한 체험이었다. 그 길은 내 나이만큼, 내가 살아온 이력대로, 내가 소중하게 여기는 관계의 유형별로 하나씩 열렸다. 나는 조금씩 더 내가 되어가면서 길을 걸었다.

혼자 걷기 시작한 4차 바바 여행이 서남해안의 어느 섬에 이른 날이다. 새로 길을 내느라 파헤쳐놓은 흙길이었고 평일 점심 무렵이었다. 길 주변을 살펴보았지만 인부도 주민도 개도 보이지 않았다. 마을 버스가 하루에 한 번 돈다는 섬 마을의 흙길을 어슬렁어슬렁 걷다가 황량하게 방치된 낡은 버스 정류소 안에 들어가 앉았다.

삼십대를 마감하고 사십대를 시작하는 나이. 이제 어떤 길을 가게 될까? 바다는 말이 없었다. 무수한 파도가 무수한 물결을 일으키며 왔다 갔다. 더 이상 젊지 않고 아직 다 늙지 않은 나. 온전히 살아야 할 때였다. 시원한 합리와 따듯한 불합리, 관대한 오른손과 지혜로운 왼손, 차분한 만남과 성숙한 이별 등. 그런 것들이 가만가만 하나되는 길을 가고 싶었다.

그 길을 흔적 남기지 않고 조용히 다녀오려는 이에게, 인생의 어느 날 문득 그 길을 걸어야겠다고 생각하는 사람에게, 자신을 찾아 떠나는 여행자에게, 그 길은 세상 어디에서 어디로도 다 연결되어 있다고, 아무 때고 각자 훌쩍 다녀오면 되는 길이라고 전해주고 싶었다. 그 길손들에게 아내와 나의 길 체험을 참고하시라고 십계명을 덧붙인다.

1. 최대한 한눈팔고 걸을 것. 앞만 보고 걷다가는 어느 순간 땅만 보게 되니 조심할 것.
2. 보행 자세를 수시로 바꿀 것. 지그재그 걷고 옆으로 걷고 뒤로 걷고 다양하게 걸을 것.
3. 30분 이상 직선 코스를 걸었다면, 망설이지 말고 아무 데로든 당장 길 옆으로 샐 것.
4. 목적지 정하지 않은 채로 걸을 것. 지루해지면 행선지를 바꾸거나 딴 길로 빠질 것.
5. 걷는 도중엔 지도 보지 말 것. 지도는 하루를 마감할 때 한 번 살펴볼 것.
6. 따분해지면 숨찰 때까지 뛰어볼 것. 그리고 헐레벌떡 숨 많이 쉬고 다시 걸을 것.
7. 동행인과 마음 안 맞을 땐 나란히 걷지 말 것. 적당히 거리 두다가 심심할 때 같이 걸을 것.

8. 동행인과 말다툼했다면 입 다물 것. 배고픈 사람이 밥 먹자고 말걸 때까지 침묵할 것.
9. 길 가다 사람 만나면 웃을 것. 눈 마주칠 때 기다렸다가 꾸벅 고개 숙여 먼저 인사할 것.
10. 바위나 나무에 이름 같은 것 남기지 말 것. 정 하고 싶으면 바닷가 모래 위에 쓸 것.

Chapter 03 사람

사람 #01

무슨 생각을 하고 있는 것일까.

바다를 보면서 무엇을 상상하고 있을까.

혼자 놀기 심심해진 걸까.

가족 여행이 끝나가는 주말 저녁,

집으로 돌아가서 해야 하는 숙제 걱정을 할까.

그냥 집에 가고 싶은 걸까.

함께 왔을 부모는 보이지 않고

아이 혼자 홀린 듯 먼 바다를 응시하고 있다.

사람 #02

사람 키의 다섯 배도 넘을 장대로

시퍼런 바다를 휘휘 저어 미역을 건져 올리던

할아버지는 문득 동작을 멈췄다.

무슨 생각이 난 걸까.

할아버지는 꼼짝 않고 같은 자세로

발 밑 바다를 바라본다.

그렇게 바다를 닮아가는 것 같다.

사람 #03

외딴 섬마을 할머니는 혼자 민요를 흥얼대며

텃밭 일을 하고 있다. 사진을 찍어도 되느냐고 묻자

돌담집을 가리키며 저것이 당신의 집이라고 말하고 웃는다.

사진을 찍자 할머니가 말했다.

좋은 세상 만들어서 우릴 좀 뭍으로 데려가요.

할머니는 흐물흐물 계속 웃었다.

사람 #04

나 고 기 많 이 잡 아 올 게 요.

항구 주변의 여관. 눅눅한 방에는 별 거 없다.

이부자리를 펴고 벌렁 누웠을 때다.

머리맡 벽지에 연필로 쓴 한 줄 글.

이곳에서 잠을 자고 이른 새벽 출항했을 어부는

그날 고기를 많이 잡았을까.

고기 많이 잡는 꿈이라도 꾸고 출항했을까.

낮 동안 항구에서 일하는 어부를 보기란 쉽지 않다.

새벽 일찍 먼 바다로 나갔거나,

고기잡이 철이 아니라서 밭일 나갔거나,

여관에서 자고 있거나,

선술집에서 낮술을 하고 있을 것 같다.

그들이 꾸는 꿈과 흘리는 땀이 모두 푸른색인지 알 수 없다.

사람 #05

사람 #06

시골 마을버스의 내부 풍경은 작은 장터 같다.

기사와 승객은 서로에 대해 낱낱이 아는 눈치다.

읍을 빠져나오자 정류소가 따로 없다.

그들은 기사이고 승객이기 전에 한 마을 사람이다.

주민마다 내려야 할 곳에 맞춰 버스는 멈춰 섰다.

구포 국수
메밀 국수
콩국수
감자 국수
쫄깃 국수
1단 2000
2단 3000
ULTRA LONG

바닷가 마을엔 반가운 손님이 있다.

국수 트럭이 오는 날,

신발 트럭이 오는 날,

세제 트럭이 오는 날,

더는 TV나 신문 광고에 나오지 않는

국수와 신발과 세제를 실은 트럭이 무턱대고

마을을 찾은 날에는 주민들이

하나둘 여기저기에서 모습을 드러낸다.

사람 #07

사람 #08

철조망은 동해에 압도적으로 많지만,

바다 삼면 어느 철조망도 똑같이 낡아 있다.

철조망 중간 중간의 초소는 낮 동안 텅 비어 있다.

밤마다 총을 들고 나와 초소를 지키는 군인들에게

그 바다는 한시라도 빨리 떠나고 싶은 망망대해일지 모르겠다.

사람 #09

바닷가에 위치한 어느 식당 마당에는

벤치 대신에 항아리가 엉덩이를 쳐들고 의자가 되어 있다.

아내와 함께 걸었던 대안 학교의 걸바(걸어서 바다까지)를 또 간다면,

어스름한 초저녁쯤 바로 이 바다에 당도해서

항아리에 나란히 앉아 마무리를 하고 싶다.

바다를 보고 태어나서 바다를 보며 잠드는 사람들.

햇볕 잘 들고 바다가 한눈에 내려다보이는 언덕에는

어김없이 무덤들이 있다.

바닷가 무덤은 혼자 노는 동네 아이에겐 놀이터가 되고

나 같은 외지 여행객에겐 등 기대어 쉬어가는 쉼터가 되어준다.

사람 #10

아내는 일중독에 빠져 사는 나에게 한결 같은 충고를 했다. 일을 사랑하는 거라면 말리기 어렵지만 돈 때문이면 하지 말라고, 그냥 빈 배로 돌아오라고, 조금만 조금만 하다가

돌아올 때를 놓치지 않기 바란다고.

Chapter 03

사람

삼면 바닷가 어지간한 곳은 전부 해수욕장 간판을 달고 있다. 그 숱한 해수욕장이 비수기에는 거짓말처럼 텅 비어 있다. 덩달아 바다도 비어 보였다. 주말에나 근교 사람들이 와서 삼삼오오 해수욕장에 흩어져 있다. 아슬아슬한 옷차림으로 살과 살을 부비며 바글거렸던 한여름, 그 많던 사람들은 지금 다 어디에 있는 것일까? 이상했다.

평일 텅 빈 바닷가에는 드문드문 아이가 있다. 학교 가긴 이르고 부모는 일하러 나갔고 조부모는 연로한지라 아이들은 혼자 논다. 조개껍질로 소꿉장난하고 어슬렁어슬렁 걷고 개와 장난치는 바닷가 마을의 아이들은 우리 같은 낯선 여행객과 눈을 마주쳐도 무심했다. 비어 있는 바다처럼 아이들의 얼굴도 아무 말이 없다.

반면 주말 바닷가에 놀러온 외지 가족의 아이들은 시끄러울 정도로 활기찼고 잘 웃었다. 바다에 발 한 번 담그고 까르르 웃는 아이들과 연신 사진을 찍는 부모들. 말 걸면 조잘조잘 대답도 잘 한다. 웃으며 다가가서 "이름이 뭐니?" 묻는데도 빤히 쳐다보다가 일 없다는 듯 가버린, 바닷가 작은 마을의 이름 모를 아이들과는 딴판이다.

문득 아내의 옛날 사진들이 떠올랐다. 유치원 졸업할 때, 초등학생 캠프 때, 대학교 입학 때, 첫 직장 생활할 때. 그렇게 때마다 기념으로 찍은 독사진과 가족 사진 속의 아내는 방긋 웃고 있다. 아내는 나와 함께 자신의 옛날 사진을 볼 때면 "왜 저렇게 똑같은 표정으로 웃고만 찍었는지 몰라" 하면서 달가워하지 않았다.

아내는 나의 어린 시절 사진을 더 마음에 들어했다. 가족 사진이나 독사진을 찍은 적이 드물었던 나는 그나마 한두 장 있는 옛날 사진 속에서 웃고 있지 않았다. 바닷가 마을의 아이처럼 무상하고 무념한 얼굴이다. 그 아이들 역시 장차 밥벌이를 하고 가족을 꾸리고 나이를 먹다보면 지금의 나 같은 얼굴을 하게 될지 궁금했다.

평일에 스쳐가는 바닷가 마을에는 이쪽에 아이 한 명 저만치에 노인 한 명 있는 광경이 흔했다. 그렇듯 바닷가의 아이나 노인은 외따로 있었으나, 묘하게도 삼면 바닷가 어느 곳이든 노인과 아이의 얼굴에는 같은 기운이 어른거렸다. 처음에는 그것이 외지인을 경계하거나 여행객을 부러 무시하는 감정 같은 것일까 하고 생각했다.

한번은 두 시간 남짓 해안 도로를 걷는 내내 사람을 볼 수 없었다. 그 때 길 저쪽에서 자전거를 타고 오는 노인이 보였다. 우리는 머리 숙여 인사를 건넸다. 노인은 자전거에서 내리더니 느릿느릿 대꾸했다. "윗마을 누군고?" 건너 마을 사람인가 싶었나보다. 부부 여행객이라고 소개하자 고개를 끄덕인 노인은 "세월 좋구만" 하고 지나갔다.

일흔은 족히 넘겼을 노인의 얼굴은, 뭐랄까, 그냥 텅, 텅 비어 있었다. 뚫어지게 쳐다보다가 휙 지나쳐 가버린 아이의 얼굴처럼 놀라는 기색도 반기는 표정도 없었다. 나서 죽기까지 바다 보고 산 보고 나무 보다가 그것을 심심하게 닮아버린 것 같았다. 그렇게 바위와 바람과 흙과 비와 눈의 풍모를 갖게 된 투명한 풍경 같았다.

읍이나 큰 식당에만 들어서도 사람의 얼굴은 금세 달라졌다. 그들은 우리 같은 외지 여행객이나 도시 관광객을 의식했다. 어서 오라고 반색하는 표정과 의례적인 말투. 그들에게는 바닷가 마을의 노인과 아이처럼 심심하게 쳐다보고 덤덤하게 돌아서는 얼굴이 없었다. 늘 거기 있었던 바다나 산이나 나무처럼 그 일부가 되어버린 얼굴.

아내와 갔던 동남아시아 섬들에서 마주친 얼굴도 그랬다. 음식 나르고 운전 해주고 기념품 파는 이들과 달리 섬 마을의 노인과 아이는 무심한 얼굴이었다. 아이 표정은 노인을 닮았고 노인 표정은 아이를 닮아 있었다. 똑바로 쳐다보지만 노려보지 않았고 눈길 거두지만 쌀쌀맞지 않았다. 그들 속에서 나는 내 얼굴을 찾을 수 없었다.

나이 마흔이면 책임져야 할 얼굴이 있다는 것. 나이를 먹을수록 내 얼굴이 무엇을 책임지고 있는지 불안했다. 허나 아내 얼굴을 보고 있으면 걱정이 사라졌다. 텅 비어서 바다와 산과 나무와 바위와 바람과 흙과 비와 눈을 고스란히 들여오고 내보내는 것처럼, 아내를 보는 동안만큼은 내 얼굴도 덩달아 투명해지는 기분이 들었다.

여행 도중 아내는 가끔 나를 카메라에 담았다. 저기 서봐, 해서 포즈를 취한 나는 매번 정면을 무겁게 응시했던 모양이다. 웃으라고 안 한다고, 안 웃어도 된다고, 살살 타이르던 아내는 갑자기 “눈 긴장 풀어!” 또는 “어깨 힘 빼!” 하고 고함을 질렀다. 피식 숨 놓는 순간 찰칵 소리가 들렸다. 내가 책임질 얼굴이 따로 있지 않았다. 편했다.

나 고기 많이 잡아 올게요.

새벽같이 바다로 나간 어부들은 깊은 밤이 되어야 집으로 돌아왔다. 고기잡이 철이 아니면 뿔뿔이 밭에 나가 일했다. 항구는 낮 동안 한산했다. 텔레비전에서 전하는 어촌이나 항구의 생동감은 보기 어려웠다.

늦은밤 어느 여관방에 들어갔을 때 거기 어부가 있었다. 방바닥에 눕자 그 눈높이의 벽지에 연필로 눌러쓴 낙서가 보였다. 눅눅한 벽지, 삐뚤삐뚤한 글씨, 한 줄의 문장. 그것은 늙은 어머니를 위로하는 자랑이었거나, 만삭의 아내에게 장담한 희망이었거나, 혼자만의 쓸쓸한 독백이었을 것이다. 아버지가 생각났다. 나 돈 많이 벌어올게요. 아버지에게도 그런 마음이 있었겠지. 내가 기억하는 아버지는 평생 반신불수의 몸을 간신히 지탱한 채 텅 빈 방을 지키다 눈을 감았다.

월급 봉투를 내미는 아버지와 통닭을 사들고 퇴근하는 아버지가 나에게는 없었다. 때문인지 어머니와, 아내와, 여자에 대해 빚지고 산다는 잠재 의식 같은 것이 있었다. 결혼을 하면 나는 꼭 돈을 벌어야 한다고 생각했다. 나 고기 많이 잡아올게요, 한 어부처럼. 그것은 나 자신을 향한 주기도문이었다. 아버지처럼 되지 않겠다는.

허나 아내는 일중독에 빠져 사는 나에게 한결 같은 충고를 했다. 일을 사랑하는 거라면 말리기 어렵지만 돈 때문이면 하지 말라고, 그냥 빈 배로 돌아오라고, 조금만 조금만 하다가 돌아올 때를 놓치지 않기 바란다고. 아내와 함께 누웠던 그 방에서 새우잠을 청하고 이른 새벽 출항했을 어부는 다음날 고기를 많이 잡았는지 알 수 없었다.

적조와 태풍과 중국산 수입으로 국내 어업과 양식업자 다수가 신용불량자가 되고 있다고, 미련이나 체념 아니면 진즉에 고향을 떴을 거라고, 바닷가 인근 식당에 들를 때마다 같은 한탄이 들렸다. 작은 바닷가 마을 곳곳에는 빈 배와 빈 창고와 빈 집이 널려 있었다. 바다를 떠난 그들은 지금 어디에서 무엇을 하며 살고 있는 걸까?

베트남 처녀 있습니다.

하나둘 원주민이 떠난 마을에는 '베트남 처녀'가 있었다. 대처나 해안도로는 물론 인적 없는 버스 정류소에도 같은 현수막이 걸려 있었다. 전봇대나 자판기에 붙은 포스터와 스티커에도 '베트남 처녀'가 있었다. 그 중 한 현수막을 잊을 수 없다. '월남 참전 전우회' 푯말이 선명한 가건물 외관에 '베트남 처녀 있습니다'라고 적힌 현수막.

월남, 참전, 전우회, 베트남, 처녀, 있습니다. 추가 정보는 작은 글씨로 이렇게 써 있었다. "신용카드 환영. 100% 후불제." 2006년 한 해에만 베트남 여성 8,200명이 한국 농어촌 남자와 결혼했으며, 2020년이면 코시안 인구가 강원도 인구보다 많아진다고 전하는 각종 통계는, 지금 이곳에서 그들이 어찌 살고 있는지 말하고 있지 않았다. 그들이 고향의 언어와 문화와 가족을 지키며 살고 있는지, 존재감 없이 작아지고 있는지 알 수 없었다. 그들과 결혼한 농어촌 사내들 중에 나중에라도 아내의 고향에 가서 정착할 이가 있을지 궁금했다.

아내는 말했다. 나와 너도 생면부지의 베트남 여자와 한국 남자처럼 멀고 낯선 길을 경유해 만난 거라고. 나는 기꺼이 화답했었다. 너에게 가겠다고, 그곳에 가서 너를 알고 싶다고, 결혼한 것을 너에게 당도한 것으로 착각하지 않고 수시로 너와 함께 길 떠나겠다고, 감히 다짐했었다. 그러나 나는 약속을 미루며 살았다.

"지금 이곳에서 눈 마주치는 시간 날마다 조금씩 늘리자"고 하니 너는 자꾸 "일 끝낸 나중에 저기에서 거하게 만나자"고 한다며, 결혼 이후 아내의 지적은 갈수록 간명해졌고 나의 변명은 점점 복잡해졌다. 해서 바바 여행을 같이 떠난 것인데, 하루하루 100퍼센트 선불제로 사는 아내의 생활에 대해 나는 여전히 먼 미래의 신용카드를 긁고 있었다.

어디쯤 갔어?

바닷가를 거니는 동안 베트남 처녀 현수막만큼이나 자주 마주친 광경은 공사 현장이다. 비수기 바닷가는 곳곳이 공사였다. 태풍에 꺼진 도로 보수하고, 해안도로 새로 만들고, 해안 접안 시설 고치고, 성수기를 대비해 바닷가에 새 모래를 깔았다. 경치 좋은 곳에는 빠짐없이 별장이나 숙박 시설이 지어지고 있었다.

봄꽃이 피었으나 바다 바람은 매서웠고 인부들은 두꺼운 옷을 입고도 추워 보였다. 인부들은 오직 그날의 고된 밥벌이에 전념하고 있었다. 바닷가에서 일하는 인부들은 바다를 감상할 겨를이 없었다. 허나 여행자의 눈에는 묵묵히 작업에만 열중하고 있는 인부들의 모습도 그 너머의 푸른 바다와 겹쳐 다른 감정을 자아냈다.

그것은 박두규 시인의 '바다가 푸른 이유' 같은 느낌이었다. 아이 질문에 아빠가 답하길 "바닷가 바위들을 쉼 없이 때리다보니 스스로 멍이 들어서"라는, 바다가 답하길 "결정적으로 너도 모르게 빠져나간 너의 푸른색이 나에게 흘러 들어왔기 때문"이라는. 그 바다는 해안에서 일하는 인부와 저 멀리 지평선 너머로 나간 어부 사이에 있었다.

한여름 바다를 찾는 그 많은 도시 사람들을 남김없이 푸르게 물들이고도 여전히 푸른 바다. 새벽 일찍 보이지 않는 먼 바다로 나가 꿈을 던지는 어부들과, 종일 바닷가에서 노동하며 땀 흘리는 인부들의, 그 푸른색으로, 바다가 사시사철 푸른지를 미처 몰랐다.

바위 같은 나를 때리는 아내의 파도에 대해서도, 나도 모르게 나를 적시는 아내의 바다에 대해서도 나는 몰랐다. 내 하루를 옭아매고 내 한 해를 집어삼키고 내 인생을 사라지게 만드는 상념을 치우지 않고는 아내가 나에게 흘러 들어오기 얼마나 버거운지 모르고 있었다. 아내는 경고했다. 일을 위해 살지 말고 너를 위해 일하라고.

어느 날이었다. 막 공사를 끝내고 비닐을 덮어쓴 새 도로를 혼자 걷고 있었다. 한 걸음 뗄 때마다 길은 바삭바삭 소리를 냈다. 그때 아내에게 문자가 왔다. 어디쯤 왔어? 나는 생각했다. 그래, 너에게 가고 있는 거였지, 맞아, 너한테 가는 거였어, 결국 빈 배로 남는다 해도, 그날 일을 끝내지 못한대도, 나는 아내가 있는 곳으로 가고 있었다.

있는 만큼 내요.

65일간의 바바 여행중 잠깐의 이해 관계라도 갖고 말을 섞어온 사람은 내게 돈을 받아야 하는 이들이었다. 모텔이나 여관에 들어설 때면 머리통 하나 들어갈 정도의 작은 창 너머로 얼굴만 보이는 주인장. 처음엔 고미를 데리고 들어가느라 부르는 대로 방값을 치렀지만, 고미 없이 다니면서는 흥정을 했다. 얼마요? 비싸다. 좀 깎아줘요. 5천 원만 깎읍시다.

대화는 뻔했다. 비수기의 평일 숙박업소는 비어 있기 일쑤여서 부르는 대로 값을 치르면 왠지 밑지는 기분이 들었다. 방값은 평일과 주말에 만 원 이상 차이가 났다. 일단 깎아보고 돌아나갈지 그냥 내고 들어갈지 정했다. 들어간 다음에는 욕조가 있으면 뜨거운 물부터 콸콸 틀어놓았다. 하룻밤 잔 곳이면 거의 빠짐없이 목욕을 했다.

돈을 냈으니 본전을 뽑아야 한다는 생각이 분명 한몫 거들었을 것이다. 창피한 일이지만 손해 보지 않겠다는 기분 때문에 엄청나게 물을 낭비했다. 식당에 들어갔을 때도 마찬가지였다. 음식을 시켰다가 기대에 못 미치면 화가 났다. 돈 버리고 입 버렸다는 감정에 쉽게 휩싸였다. 그 기준은 돈이었다. 돈 낸 만큼 대접받지 못했다는 생각.

한번은 딴 길로 샜다가 돌아오는 길에 시골 마을버스를 탔다. 마침 아내도 나도 현금이 없었다. 동전 몇 개가 전부였다. 버스에 올라타고 알았다. 허둥거리며 운전기사를 바라보았다. 저, 돈이 부족한데…… 하자마자 운전기사는 행색을 쓱 훑어보더니, 있는 만큼 내라고 했다. 요금에 한참 못 미치는 동전 몇 개를 내고 좌석에 앉았다.

마을버스는 정류소 아닌 곳에 곧잘 정차했다. 보따리를 잔뜩 걸머진 아주머니를 집 대문 앞에 내려주는 식이었다. 대여섯 명쯤 되는 승객을 운전기사는 다 아는 눈치였다. 어디 사는 누구인지 그날 어디를 다녀오는지 알고 있었다. 아저씨! 중학생쯤 되는 남자 아이가 소리쳤다. 그 순간 버스는 급정거했다. 아, 미안해, 널 빠뜨렸네.

아내와 나도 정류소 아닌 곳에, 원하는 장소에 내렸다. 우리는 흙먼지를 날리며 사라지는 버스를 잠시 동안 바라보았다. 기분이 좋았다. 마음이 편했다. 속이 개운했다. 있는 만큼 내고 내려야 할 곳에 내리는 것. 그것은 아내가 나에게 바라는 바였다. 내가 나를 비우고 나로 돌아가는 길이었다. 그날 남은 길을 걷는 동안 발걸음이 가벼웠다.

어디서 왔을까? 어디로 갈까?

읍에서는 종종 보았지만 때로는 작은 항구나 바닷가 마을에서도 볼 수 있었다. 너무 짙은 화장이라서 가면이라도 쓴 것 같은 젊은 여자. 무표정한 눈빛, 원색의 짧은 치마와 하이힐, 무릎 위나 발판 가운데에 올려놓은 커피 보따리. 그런 모습을 한 앳된 나이의 여자가 낡은 스쿠터를 타고 휑하니 지나가는 광경은 단번에 눈길을 잡아끌었다.

그럴 때면 아내도 나도 멍하니 그의 꽁무니가 사라질 때까지 쳐다보았다. 그 마을 사람이 아닐 것이었다. 고향에서는 할 수 없는 직종의 일일 테니까. 가급적 고향에서 멀리 떨어진 곳으로, 소문으로라도 소식 넘어갈 일 없는 타지에 와서, 그렇게 스쿠터를 타고 마을의 여기저기를 돌아다니는 젊은 여자는 날마다 그 바다를 볼 것이었다.

어디에서 살다가 왔을까? 나도 모르게 질문 아닌 질문을 했다. 아내 역시 대답 아닌 대답을 했다. 집에서 왔겠지. 어디로 가는 걸까? 집으로 가겠지. 아내도 나만큼이나 줄곧 눈길 빼앗긴 채 하릴없는 생각을 풀어낸 모양이었다. 그랬다. 나도 너처럼 집에서 왔고 집으로 가고 있었다.

왔던 집으로 어서 돌아가면 좋을 이는 또 있었다. 2년 남짓 바다를 이웃하고 살아야 하는 해안 초소의 젊은 군인들. 철책선과 초소는 동해안에 많았지만 삼면 바닷가 어디에서나 군복을 입고 머리를 깎은 젊은 남자를 볼 수 있었다. 낮에는 비워두었다가 밤마다 들어와 총 들고 지켜야 하는 바다에서 그들은 무엇을 보고 있을까?

초소나 참호에 있는 초병과 눈이 마주칠 때 가볍게 손을 흔들면 본체만체하기도 했지만 가끔은 손 인사를 보내오기도 했다. 솜털이 보송보송한 영락없는 풋내기 청춘이다. 한시라도 일찍 그 바다를 떠나 집으로 돌아가는 것이 그들의 한결같은 바람일 터였다. 그렇듯 젊은 여자와 젊은 남자는 바다를 보며 거기 있었다.

어서 와.

주말이면 바닷가 작은 마을로도 종종 관광객들이 찾아온다. 지도에 나오는 명소는 주말이 되면 단체 관광객들로 붐볐다. 한적했던 항구와 어촌도 반짝 활기를 찾는다. 텅 빈 바닷가에 주인 없는 노점이 왜 그리 줄지어 늘어서 있나 했는데, 주말이면 일제히 문을 열고 손님을 맞았다. 그 사람들이 다 어디에 있었나 싶다.

관광객들은 버스에서 내리자 제일 먼저 주변의 전망 좋은 곳을 찾았다. 먼 바다를 바라보면서 하늘과 바다의 경계가 소멸하는 그 어딘가에 자신의 회한을 방생하는 것처럼 보였다. 좋다, 야, 죽이네, 하는 잠깐의 탄식들. 돌아서면 여기저기 둘러보다 소주에 회 한 접시 먹고 해산물이나 건어물을 사들고 다시 버스에 올라 사라졌다.

단체 관광객이 빠져나간 일요일 오후부터 월요일 낮 사이. 그 시간에 걷는 바닷가 마을과 해안도로는 거짓말 같다. 방금 전까지 떠들썩하던 촬영 세트장이 막 철거된 직후 같은 헛헛한 공간과 침묵의 시간이 펼쳐진다. 외지 관광객과 현지 상인은 모두 일당 동원된 엑스트라 같다. 유령처럼 느껴졌다. 나도 내가 아닌 것 같다.

나를 나답게 한다고 믿었던 것들. 부모, 가족, 상처, 기억, 일, 신념, 이름. 그 모든 것이 텅텅 비어 있어서 아무것도 아닌 상태의 나를 느끼는 것. 그 어떤 예정론이나 카르마도 작동되지 않는 진공의 세계를 천천히 떠다니는 듯한, 비현실의 현실 속에 내가 있었다. 나는 나라는 인생의 매 순간을 둘러보는 한 관광객에 지나지 않았다.

그 짧은 관광길 같은 생을 살면서 숱한 이들과 얽혀 성공과 실패를 가르고 영광과 모멸을 따지느라, 곁에 있는 한 사람의 동행인을 온전히 마음에 들이지 못했구나. 그런 생각은 혼자 걸을 때 자주 들었다. 빈 바다를 보며 빈 마을을 통과하는 동안 내 안에 나인 양 꽉 들어차 있던 것들이 조금씩 더 크게 텅- 소리를 냈다.

바바 여행을 모두 마치고 집에 왔을 때, 어서 와, 하는 아내의 말을 들었을 때, 나는 내가 내려야 할 곳에 내린 것 같은 생각이 들었다. 고향에 온 것 같았다. 고향이란 북에서 피난 온 부모에겐 상실이고 서울에서 나고 자란 나에겐 관념이었으나, 그날 나는 아내의 고향에 도착한 기분이었다. 텅 빈 나를 비어 있는 그대로 반기는 한 사람.

외딴 섬을 혼자 걸을 때였다. 마을로 들어서자 역시 텅 비어 있었다. 장정들은 배 타고 나가고 아낙들은 밭에 나갔는지 몰랐다. 공터에는 잔뜩 작물이 널려 있고 그 복판에 할머니 혼자 무릎을 꿇은 채 지팡이를 짚고 있었다. 인사하자 눈길 한 번 주고 그만이었다. 할머니는 따가운 햇볕을 등지고 엉금엉금 옮겨 다니며 작물을 어루만졌다.

정오를 넘긴 섬 마을은 끝없이 적막했다. 금세 무너질 것 같은 슬레이트 지붕의 단층집들 사이로 전신주가 보였다. 그곳에 할아버지 한 분이 쓰러져 자고 있었다. 낮부터 약주가 과했던 걸까? 섬에서 나고 섬에서 자랐을 그도 어부가 되어 바다로 노를 저었을 것이다. 그렇게 한 생을 살아왔을 노인의 낮잠을 훔쳐보다가 마을을 벗어났다.

마을 밖으로 나가면 바닷가 곳곳에 무덤이 있다. 무덤은 대체로 언덕에 자리를 잡고 바다를 내다보고 있다. 평생 바다 보고 살다가 죽어서도 바다를 보고 있다. 무덤 잔디밭에는 종종 아낙이 앉아 쉬고 있거나 아이 혼자 놀고 있었다. 바다 경치 좋은 곳에는 어김없이 무덤이 있고 그 무덤은 한적한 쉼터가 되어 있었다.

어느 바닷가 마을엔 어귀마다 푯말이 박혀 있었다. 영구차 진입 금지. 풍수 좋다는 소문이 돌자 외지인들이 경쟁적으로 바닷가의 임야를 사들여 묘를 지었다고 한다. 이웃한 네다섯 마을도 같은 푯말을 박아두었다. 마을은 하나둘 주민이 떠나서 점점 비어가는 중이었고, 무덤은 죽어서 찾아오는 외지 사람으로 점점 만원을 이루는 중이었다.

그 중 한 가묘 앞에 털퍼덕 앉았다. 바다는 텅하니 비어 있다. 드넓게 사방으로 뚫려 있는 바다는 언제나 그렇게 비어 있겠다는 듯, 편견과 미망에 휩쓸리는 것은 당신일 뿐이라는 듯, 아무도 붙잡지 않고 누구도 내치지 않는다고 말하고 있었다. 그 바다 앞에서 나도, 모르는 그도, 마을 주민도, 외지인의 무덤도, 그저 빈 존재였다.

나도 한줌 먼지가 되어 저 바다로 돌아가겠지, 나이 더 먹은 내가 아무래도 아내보다 먼저 가겠지, 일이 생겨 서둘러 갈 수도 있겠지, 모르는 일이었다. 허나 반드시 생길 일이었다. 어느새 중년이었고, 상상하는 노년은 막막했으나 이제는 있는 만큼 내놓고 나서 내려야 할 곳을 분명히 정할 때였다. 아내가 보고 싶었다. 아내와 놀고 싶었다.

개

Chapter 04 개

개 #01

바닷가의 개는 자유로워 배고프거나
배부른 채 감금되어 있다.
버려진 개는 바닷가와 마을을 떠돌며 내내 먹이를 찾고,
텅 빈 집집마다 마당에 묶여 있는 개는
가득 찬 음식 그릇을 앞에 두고도 잠만 잔다.
목줄 없는 개는
자유롭고 당당하고 싱싱하다.
인간과 이웃한 개의 삶은 인간을 닮아 있다.

바닷가의 주인 없는 개들은

우리의 등장을 먼저 알아챘다.

고미의 냄새를 맡은 것이다.

그때마다 아내와 나는 고미를 품에 안고 조용히 지나갔다.

분명이 어딘가에 있는데……

두리번거리는 개들을 보면서

우리는 몸부림치는 고미를 꼭 껴안았다.

개 #02

개 #03

고미gom라는 이름은 티베트 말로 명상이라는 뜻이다.
직역하면 '친해지기'와 같은 뜻이라고 한다.
우주에 있는 본성을 찾아서
친해지라는 생각에 그렇게 지어주었다.
유기견 고미가 아내와 나에게 와서 그런 천성을
마치 우리의 본성인 양 옮겨주기를 바랐다.
아내는 나에게 경고했다.
말없이 생각과 감정만으로 눈빛을 교류하는 시간이
우리 사이에 자꾸 없어지고 있다고.
눈 마주보지 않고 장황하거나 효율적인 언어로
소통을 끝내려는 나에게 개의 눈빛은 스승이었다.

개 #04

가족의 탄생. 거의 못 볼 뻔했다.

도로 가장자리, 움푹 내려간 장소에는

키 작은 가로수들이 빽빽하게 들어차 있다.

새끼 개 한 마리가 도로에 나왔다가

여행자의 인기척에 후다닥 도망갔다.

그 소리에 눈길이 갔다. 어미 개에 새끼 네 마리.

한 마리는 나무 뒤에 있었다. 집이고 가족이구나.

개 #05

모든 개가 불성을 갖고 있다고 한

아내의 말을 나는 귓등으로 듣고 넘겼었다.

늦은 밤 항구에서 만난 그 개를

깨끗이 씻기고 말리고 먹이를 준 다음에서야

그 개가 신일 수도 있겠다는 느낌이 살짝 들었다.

그 개는 우리를 바라보다 천천히 사라졌다.

개 #06

목줄 없는 개는 도로 한복판에서
고개만 돌려가며 나를 쳐다보았다.
목줄에 매인 채 평상 위에 누운 개는
낮잠을 자다 벌떡 깨어나 나를 바라보고는
금세 다시 고개를 떨구고 잤다.
세탁기 속, 목줄에 묶인 개는
오랜 시간 나를 노려보기만 했다.

개 #07

아내는 고미를 자주 안아줬다.

우리의 이해심보다 고미의 이해심이 더 크다고 아내는 말했다.

콘드라 로렌츠도 비슷한 말을 책에 썼다.

"내가 개를 사랑하는 것보다 내 개가 나를 더

사랑한다는 사실을 부정할 수 없다."

그는 부끄럽다고 했다.

나는 차츰 고미에게 고마운 마음이 들었다.

개 #08

동해안 어느 작은 도시에서

우리는 서울행 고속버스를 탔다.

개를 태울 수 없으니 짐칸에 넣으라고 해서

아내는 승객들에게 호소했다. 간신히 탔다.

비닐 백을 사서 고미를 집어넣고 서울로 가는 고속버스 안에서

아내는 울었다. 나는 고미를 살며시 안았다.

고미는 흔들리는 차 안에서 창밖을 바라보았다.

닷새째부터 고미는 멈추기만 하면 누웠다.
우리가 곁에 있으면 아무 곳에서나 바로 취침.
이런 반응을 몇 번 더 확인하고 나서
우리는 전망 좋은 곳에 이를 때마다
아예 신발 벗고 셋이 같이 뻗기로 했다.
싱그러운 바람이 불 때마다
내 살에 맞닿은 아내의 살과 고미의 살에서도
바다를 그리는 어떤 꿈이
새록새록 숨을 쉬고 있다는 느낌이
꿈인지 생시인지 모르게
아련하게 일어나고 잦아들었다.
꿈에서 같은 바다를 보았으면 했다.

개 #09

고미처럼 걸어봐.

안 그래도 내 걸음걸이는 로봇처럼 뻑뻑했다. 반면 아내는 소풍 가는 길에 틈만 나면 딴짓 하는 아이처럼 걸었다. 그런 아내가 고미와 함께 걸으면 보기 좋았다.

Chapter 04

개

딸 같았는데…… 육십대의 어머니와 단둘이 살던 이십대 시절, 집에는 작은 개가 있었다. 어느 날 어머니를 따라온 거리의 똥개였다. 어머니가 붙인 이름은 복실이. 나중에 알았지만 천상병 시인이 생전에 데리고 살았다는 똥개 이름과 같았다. 나는 복실이를 좋아하지 않았다. 일주일에 사나흘씩 외박을 하던 그 무렵 대문을 들어설 때마다 마주쳐야 했던 복실이가 보기 싫었다.

못생기고 지저분했으며 냄새가 심하던 복실이는 나만 보면 꼬리를 흔들며 다가왔다. 못 본 체하고 쓱 지나가거나 발을 휘둘러서 가까이 오지 못하게 했다. 복실이는 일 년 정도 집 마당에서 살았다.

그날도 며칠 외박을 한 다음이었다. 집에 왔는데 대문이 열려 있었다. 들어서는 순간 휑한 기분이 들었다. 복실이가 보이지 않았다. 마루에 걸터앉은 어머니는 넋이 나간 사람처럼 말이 없었다. 캐묻자 지난 며칠 찾아다녔어도 볼 수 없었다고 했다. 복실이가 가출을 한 것이다. 개장수가 잡아간 것 같지는 않다고 어머니는 위안하듯 말했다.

어느 날 어머니를 따라 집에 왔듯 홀연히 돌아올지 모른다며 대문을 열어두고 있었다. 그러길래 왜 묶어두지 않았냐고 핀잔을 주고 마루를 지나 방으로 들어가려고 할 때였다. 어머니의 가느다란 탄식이 들렸다. 복실이가 막내딸 같았다고, 두 누나와 형이 분가한 이후 바깥으로만 도는 막내아들과 사는 게 적적했다고, 복실이가 딸이었다고……

복실이는 다시 나타나지 않았다. 어머니는 개집을 그대로 놔두었다. 어느 날에는 개집 안에 개줄이 보였다. 새 것이었다. 어머니가 사다둔 것이었다. 나는 개집을 치웠다. 나는 그 후에도 어머니에게 복실이 같은 막내딸 구실을 하지는 못했다.

첫 번째 암수술을 받은 직후 어머니는 스스로 회복될 수 있노라 믿고 퇴원을 했다. 그날도 어머니는 간신히 몸을 추슬러 마루에 앉아 있었다. 나는 덩치 큰 누렁이의 목줄을 붙들고 마당에 서 있었다. 누렁이의 두 눈은 바라보는 이의 마음을 한없이 선량하게 보듬는 매력이 있었다.

어머니는 말없이 한참을 누렁이만 바라보았다. 그리고 펑펑 울기 시작했다. 누렁이는 큰 눈을 껌벅일 뿐 짖지도 움직이지도 않고 서 있었다. 미안하다, 미안하다, 미안하다…… 어머니는 같은 말을 하며 울고 또 울었다. 나는 조용히 누렁이를 끌고 대문을 나왔다.

누렁이는 그날 처음 만났다. 어머니가 아는 분을 통해 데려온 개였다. 누렁이를 데리고 신당동 집에서 왕십리 개시장까지 걸어간 30분 남짓의 그 동행을 나는 잊을 수 없다. 도살장 골목으로 꺾어들자 마중 나온 사람이 보였다. 그때부터 누렁이는 덜덜덜 마구 떨었다.

끙끙 앓는 소리를 내면서, 힘껏 뒷걸음질 치면서 미친 듯이 고개를 흔드는 누렁이를, 나는 그에게 넘겼다. 목까지 줄을 바짝 틀어쥐고 끌고 가자 누렁이는 혼신의 힘을 다해 몸부림쳤다. 그때 누렁이의 뒷다리에 팽팽하게 일어선 힘줄이 보였다. 그게 마지막이었다. 도살장 입구 너머로 시멘트 바닥에 질질 끌려가는 발톱 소리가 들렸다.

봄이었나, 오후였나, 평일이었나, 시장 골목길은 한산했다. 얼마나 지났을까. 멍하게 있는데 그가 다시 나타났다. 건네주는 한 꾸러미의 비닐봉지를 받아들었다. 묵직했다. 돌아올 때는 버스를 탔다. 세 정거장 지나면 집이고 길은 뻥 뚫렸는데도 몹시 길었다. 그때 좌석에 앉아서 느꼈던 그 무게감과 촉감, 무릎에 올려놓은 비닐봉지는 무척 따듯했다.

처음으로 직접 개를 기른 것은 어머니가 돌아가신 다음 혼자 살던 무렵이었다. 순백의 털빛이 고운 잡종으로 생후 2개월쯤 된 강아지였다. 망치라고 불렀다. 거실에 놓고 기른 망치는 이른 아침마다 작은 앞발 두 개로 방문과 문턱을 복복 긁었다. 그 소리를 한참 동안 듣다가 천천히 일어나서 방문을 열면 망치는 냉큼 내 품에 안겼다.

품에 안는 일은 하루 두 번이면 끝이었다. 아침에 한 번, 밤늦게 귀가해서 한 번. 그렇게 8개월을 지냈다. 망치와 같이 살았다고 할 수 없었다. 하루는 동네 초등학교로 선거 유세를 보러 갔다. 그때가 망치를 데리고 외출한 처음이자 마지막이었다. 망치는 밖에 나오자 엄청 흥분했다.

안기 힘들 만큼 난리를 쳐서 내려놓자 망치는 곧장 뛰기 시작했다. 나도 뛰었다. 작고 연약한 망치가 발발거리며 쉬지 않고 뛰고 또 뛰는 것이 놀라웠다. 유세로 시끄럽던 운동장이 잠잠해진 뒤에도 나는 망치를 쫓아 뛰고 있었다. 그러던 어느 순간 망치가 멈춰 섰다. 해가 기울고 있었다. 품에 안고 돌아오는데 망치는 잠들어 있었다. 색색 숨을 내쉬며 단잠에 빠졌다. 곯아떨어진 망치를 바라보자니 싱숭생숭했다. 자정이 가까웠을 무렵 나는 전화를 했다. 서울 외곽에 사는 선배였다. 자정을 훌쩍 넘긴 시각, 초인종이 울렸다.

선배는 아내와 어린 딸을 데리고 와서 잠자는 망치를 보았다. 좋아했다. 일사천리였다. 망치를 태운 차가 골목을 빠져나간 뒤에도 나는 그냥 집 앞에 서 있었다. 망치는 선배가 사는 집 마당에서 뛰어놀 것이고 언제나 가족과 같이 지낼 수 있을 것이다. 게다가 그 집엔 애견 한 마리가 있다니 망치는 심심할 노릇도 없을 터였다.

그로부터 두 해쯤 지나 선배 가족과 등산을 갔다. 마침 선배가 망치를 데리고 왔다. 한 손에 들어 올렸던 가볍고 하얀 망치가 아니었다. 덩치는 서너 배 정도 컸고 털은 무성한 회색빛이었다. 나를 본 망치는 꼬리를 흔들기는커녕 다가오지도 않았다. 심드렁하게 바라만 보았다. 나는 개를 키우기에 적합한 사람이 아니라고 생각했다.

하자는 대로 할 거지?

아내는 울고 있었다. 밤늦게 귀가해서 방문을 열자 고개를 돌린 아내 두 뺨에 눈물이 흐르고 있었다. 무슨 일 있어? 가슴이 철렁 내려앉았다.

아내는 언제든 출가할지 모르는 사람이라고 나 혼자 불안하게 믿고 있는 구석이 있었다. 소리 없이 울던 아내는 점점 소리 내서 울었다. 죽었어…… 뭐가? 방심했더니…… 뭐가? 그 개……

아내는 유기견 커뮤니티의 회원이다. 어느 날 개 한 마리를 입양하자고 제안했다. 나는 반대했다. 아내는 수시로 사이트에 올라온 개의 사진을 보여주었다. 구조자와 임시 보호자의 손을 떠난 개는 수용 시설에 가 있었다. 그곳에선 기한을 정해두고 있다가 입양자가 나타나지 않으면 안락사를 시킨다고 했다. 내 반대는 여전했다.

아내의 날수 계산에 따르면 그날은 개가 안락사된 지 딱 하루가 지난 날이었다. 날마다 게시판에 들러 입양을 권하는 글을 올리던 아내는 며칠간 그 생각을 놓은 모양이었다. 나는 한편으론 안심했고 한편으론 여전히 불안했다. 그런 개들이 많을 텐데 딱 그날 안락사시킨다는 보장은 없잖아? 내일 가봐. 나도 모르게 그렇게 말했다.

아내는 울음을 뚝 그쳤다. 정말? 내가 하자는 대로 할 거지? 아내는 거듭 확인했다. 그런 다음 나를 꼭 껴안아줬다. 다음날 아내는 임시 보호자와 동행해서 그곳에 갔고, 안락사가 미뤄져 용케 살아남아 있던 개를 데려왔다. 콧물을 고드름처럼 덕지덕지 달고 집에 온 개는 부들부들 떨면서 두 눈을 껌벅였다. 냄새가 지독했다.

그 개에게 나는 고미라는 이름을 붙였다. 약간 야생미가 감도는 생김새에 털이 뻣뻣한 잡종 고미는 첫눈에 쏙 마음에 들지 않았다. 고약한 냄새는 목욕으로 없앴지만 7킬로그램이 조금 넘는 어중간한 몸집의 고미에게 정붙이기가 쉽지 않았다. 그 때문이기도 했을 것이다. 고미gom라는, 티

베트 말로 명상, 직역하면 '친해지기'라는 뜻의 이름을 붙인 까닭이.

결혼 두 해 전까지 아내는 솔이라는 개와 같이 살고 있었다. 처가 식구들은 솔이를 끔찍이 아끼며 지냈다고 했다. 생후 3개월 때 이웃에게 분양받은 솔이는 처가에서 3년을 살았다. 솔이의 급작스런 안락사가 있던 그날, 울먹이는 아내의 전화를 받은 나는 한강변을 돌아다니고 있었다. 2월이었고 바람은 찼으며 사방은 갈대였다.

솔이는 두 살 때 홍역에 걸려 하반신 마비가 되었다. 가족은 동물 병원을 순례했고 침술로 장애견을 고쳤다는 대전 어딘가를 다녀오기도 했다. 앞다리로 몸을 끌고 다녀야 했고 용변도 가릴 수 없게 된 솔이를 가족 모두 안쓰러워했다.

사건은 장인이 솔이를 들고 집을 나간 다음에 생겼다. 장인은 그 길로 병원에 가서 가족 동의 없이 솔이를 안락사시켰다. 소식을 접한 아내는 경악했다. 장모도 처남도 충격을 받았다고 했다. 간신히 아내를 찾았을 때 아내는 한강변 갈대 언덕에 앉아 울고 있었다. 아빠가 원망스럽다고, 엄마가 불쌍하다고, 솔이가 보고 싶다며, 울었다.

2월 그날이 오면 아내는 솔이 사진을 작은 상에 올려놓고 향을 피운 다음 기도를 한다. 기도하는 아내를 직접 보지는 못했지만, 아내의 방에 작은 상이 있고 솔이 사진이 세워져 있으면 바로 그날이었다. 아내는 2월 그날을 전후해서 유기견 사이트를 집중 방문했고, 안락사 카운트다운이 시작된 개를 발견한 다음 줄곧 지켜보고 있었던 것이다.

미뤄진 안락사와 아내의 애정 덕에 목숨을 구한 고미가 우리 집에 온 것은 3월이다. 망치와 8개월을 지낸 이후 10년 가까이 개와 인연을 만들지 않았던 나에게 고미는 첫 번째 반려 동물이나 다름없었다. 나는 개를 기를 마음이 없었고 처음부터 고미를 반긴 것도 아니었지만, 아내가 불러들인 고미와 한 세월 같이 살게 되리라 작심은 하고 있었다.

개가 젤로 힘들겠구만.

고미와 아내 셋이서 하루 30킬로미터 남짓 걸었던 첫 열흘간 그런 말을 들었다. 바닷가 마을의 할아버지나 밭에서 일하는 아주머니에게 길이라도 물으면 꼭 그런 소리를 들었다. 당시에는 하루 일곱 시간 안팎으로 내리 걷는 것이 고미에게 얼마나 무리였는지 몰랐다. 고미에게 나는 무조건 걷자고 끌고 다닌 무식하고 용감하며 성실한 주인이었다.

고미는 처음 며칠만 괜찮았다. 나는 내심 개와 동행하는 바닷길 도보 여행을 근사하게 생각했었다. 속초에서 출발할 때 고미는 활기차 보였다. 바닷가를 걷는 고미가 멋있게 보이기도 했다. 그런 고미는 내가 사진 찍을 때만 잠깐 쉬었다. 쉴 때도 5분을 넘지 않았다. 그렇듯 내처 걷는 나를 따라서 고미는 힘겨운 날들을 견뎌야 했다.

둘째 날부터 간간히 비가 뿌렸다. 아내는 고미를 걱정했다. 나는 괜찮다고 말했다. 아내의 염려가 심해지자 나는 슈퍼에서 비닐봉지를 가져다가 고미의 우비와 장화를 만들었다. 비닐 장화는 걸은 지 10분도 못 가서 훌러덩 벗겨졌다. 우비는 고미를 더 떨게 만들 뿐이었다.

비를 맞으며 어느 항구에 이르렀을 때 아내는 폭발했다. 우리는 발발 발 떠는 고미를 안고 버스에 올라 강릉의 동물 병원으로 향했다. 의사는 혀를 찼다. 체력이 바닥까지 떨어졌고 발바닥엔 습진이 심하다며 주사를 놓고 발에 약을 발라주었다. 그날은 일찍 여관에 들어갔다. 고미는 줄곧 누워 있었지만 자지 않았다. 고미는 우리가 자야 눈을 감았다.

다음날은 다행히 개어 있었다. 아내의 걱정은 여전했고 나는 괜찮을 거라고 주문 외듯 우겼다. 아니나 다를까 다시 걸은 고미는 닷새째부터 잠깐 멈추기라도 하면 바로 뻗었다. 흔들어 깨우면 눈만 껌벅일 뿐이었다. 그때마다 아내는 고미를 들어 품에 안고 조용히 앞서 걸었다.

2차 바바 여행 이후 고미를 애견 카페에 맞기고 아내와 둘이 걸었다. 배낭에서 고미 사료를 빼낸 것만으로도 나는 홀가분했으나 아내의 마음은 무거웠을 것이다. 아내는 입양한 지 얼마 안 된 고미를 낯선 곳에 맡겨두기를 몹시 꺼려했다. 새 주인도 자신을 버린 건 아닐까 불안해할 거라고 했다. 나는 괜찮다는 말밖에 할 줄 몰랐다.

허나 바닷가 어디를 가도 개는 빠짐없이 있었다. 그때마다 아내는 고미를 걱정했다. 잘 지낼까? 괜찮을 거야. 아내는 괜찮지 않았다. 바닷가의 개들은 거의 다 쇠줄에 묶여 있거나 개장에 갇혀 있었다. 주인은 일하러 나가 돌볼 이 없어진 개들이었다. 종일 같은 장소에 축 늘어져 있는 개를 볼 때마다 아내는 걸음을 멈추고 허리를 숙였다.

발리 섬이 생각났다. 그곳에서 아내와 나는 쇠줄에 묶여 있거나 갇혀 있는 개를 한 번도 보지 못했다. 거리를 배회하는 수많은 개들은 주인이 다 있다고 했다. 발리의 개들은 아침 일찍 거리로 나와 곳곳을 돌아다니며 배를 채우고 밤이면 집으로 돌아온다고 현지 가이드는 설명했다. 개들의 천국 같아서 발리가 좋아졌다고 아내는 활짝 웃었다.

샤머니즘과 결합된 힌두이즘의 발리는 신들의 천국이라는 말처럼 크고 작은 무수한 사당을 모시고 있다. 그곳엔 늘 차낭canang이 있었다. 차낭은 코코넛 잎으로 만든 작은 상자로 그 안에는 신께 바치는 꽃과 음식과 향이 있다. 개들은 언제든 차낭의 음식을 먹었고 사람은 발길질하지 않았다. 신들의 천국은 개들의 천국이기도 했다.

이 땅의 바다 삼면을 거닐면서 만난 개들은 사정이 달랐다. 정작 주인이 있는 개는 묶이거나 갇혀서 옴짝달싹 못한 채 혼자 쓰러져 지냈다. 먹고 자는 것밖에 할 수 없는 개. 반면 사람에게 버려진 개들은 먹이를 찾아 해변과 마을을 뒤지고 다녔다. 배부른 개는 외로웠고 자유로운 개는 굶주려 있었다. 아내는 개만 보면 다가가 어루만졌다.

여름 끝나면 개 천지요.

동해의 이름난 해수욕장이었다. 텅 빈 바닷가를 거닐다가 인근 슈퍼에 들렀을 때다. 중년의 남자 주인은 작은 장애견을 키우고 있었다. 아내가 반색하며 개를 안자 대화가 오갔다. 놀러올 때 그렇게들 개를 데리고 오더니, 갈 때는 왜 버리고 가나 몰라. 주인 말로는 여름 바캉스 철이 끝나면 버려진 개들이 무리지어 돌아다닌다고 했다.

키우는 장애견도 휴양객이 버리고 간 유기견이었다. 어느 날엔가 슈퍼 앞에 죽치고 있길래 하루 이틀 지켜보니 걷지 못하는 개였단다. 아내는 주인에게 말했다. 모든 개는 불성佛性을 가지고 있다고, 덕 쌓으시는 거라고. 그러자 주인은 씩씩하게 웃으며 화답했다. 저그 사는 할머니는 그런 개 아홉 마리 기르는데, 그 할머니 성불했겠네.

동해 끝자락의 어느 항구였다. 그날따라 늦게 숙소를 정하고 저녁 식사를 하러 나왔다. 골목을 지나 노래방 앞을 지날 때 개 한 마리가 쫓아왔다. 몹시 더러웠다. 식당 앞까지 따라온 개는 어느새 사라졌다. 숙소로 가려고 그 노래방 앞을 지나칠 때였다. 어디선가 그 개가 다시 나타나 쫓아왔다. 아내는 개를 보더니 편의점에 갔다 온다며 뛰어갔다.

아내는 캔 사료 한 개를 들고 돌아왔다. 뚜껑을 따서 내려놓자 개는 허겁지겁 먹기 시작했다. 배고팠지? 천천히 먹어. 개는 금세 다 먹고는 우리를 쳐다보았다. 아내는 개의 머리와 몸통을 부드럽게 만져주며 쭈그려 앉아 있었다. 나는 잠시 생각했다. 그리고 개를 안았다. 뭐해? 목욕시키자. 좋아! 우리는 개를 데리고 여관에 들어갔다.

개는 얌전했다. 뭉친 털은 가위로 잘라내고 구석구석 박박 씻기는데도 몸을 맡긴 채 가만히 있었다. 아내는 헤어 드라이기를 빌려와 개를 말렸다. 은빛 털이 보송보송한 예쁜 개였다. 나이가 많이 든 개야, 새끼도 여럿 낳았을 거야, 이제 개운하지? 아내는 개를 껴안고 이야기를 나누었다. 우리는 개를 다시 노래방 앞에 데려다놓았다.

그러자 개는 잠시 우리를 올려보더니 경쾌하게 몸을 돌려 어둠 속으로 사라졌다. 〈센과 치히로의 행방불명〉에 나오는 오물의 신 같았다. 센의 돌봄으로 깨끗이 목욕한 오물의 신이 강의 신 본래 모습을 되찾고 승천했던 것처럼 그 개도 신神일지 몰랐다. 아내와 나는 캔 사료를 두 개 더 사서 노래방 앞에 놓았다. 그날 밤 아내와 나는 신이 났다.

4차 바바 여행부터 아내는 집에 남았다. 고미를 계속 애견 카페에 맡기는 일이 못내 마음에 걸렸던 것이다. 내친김에 아내는 나를 설득해 유기견 한 마리를 더 데려왔다. 고미 혼자면 외로우니 친구나 동생처럼 지낼 개가 필요하다는 것. 해서 입양한 개가 보기bog다. 나중에는 복땡이라고 불렀는데 고미와 아내와 나에게 복이 되어달라고 붙인 이름이다.

실제로 보기가 집에 오고 난 뒤부터 아내와 고미는 눈에 띄게 안정감을 찾았다. 보기는 집에 온 첫날부터 고미는 감히 올라가지도 못했던 소파에 뛰어 올라가 떡하니 낮잠을 잤다. 제 집처럼 알아서 욕실을 찾아가 용변을 봤고 시종 활기차게 놀았다. 덕분에 나도 일이 많아졌다.

고미는 실내에 있으면 죽어라고 용변을 보지 않았다. 무조건 밖에 나가 흙이나 풀이 있는 곳에 가야 쌌다. 반면 보기는 밖에 나가선 절대 용변을 보는 일이 없었다. 실내로 들어와야 하고 그것도 패드가 깔린 욕실에 가야 일을 봤다. 바바 여행을 끝낸 뒤부터 아침저녁으로 하루 두 번 고미, 보기와 산책하는 것이 나의 일과가 되었다.

혼자 사는 게 익숙한 나에게 두 녀석은 끊임없이 들이댔다. 같이 놀자고, 서로 살을 비비자고, 손과 발을 핥아대고, 빨랫감을 물고 늘어지고, 무엇보다 아내와 껴안고 있으면 집요하게 둘 사이를 파고들었다.

나는 녀석들에게 화를 잘 냈다. 집을 비웠다 돌아오면 거실엔 우리의 신발들이 총출동해 있었다. 집안 모서리 부분의 벽지는 다 뜯겨 나갔다. 앉은뱅이 나무 탁자는 곳곳이 패였다. 가끔 전선도 물어뜯었다. 리모컨에는 이빨 자국이 무수히 찍혔고 잊을 만하면 한 개씩 CD를 박살냈다. 그런 과정을 거쳐 나는 조금씩 고미, 보기에게 익숙해졌다.

고미를 통해 명상하는 일은 쉽지 않았고, 보기를 통해 오라고 빈 복도

금방 느끼기 힘들었다. 평화는 서서히 왔다. 고미와 보기가 내 의중을 알아채는 것보다 내가 녀석들의 마음을 읽는 것이 훨씬 더디다는 점을 인정한 다음이었다. 내가 고미와 보기를 좋아하는 것보다 녀석들이 나를 사랑해 주는 것이 더 일관되고 극진하다는 사실을 이해한 뒤였다.

아내 없이 간 4차와 5차 바바 여행중에도 수없이 개를 만났다. 고미도 없고 아내도 없었지만 나는 개를 보면 잠시 다가가 머리를 쓰다듬었고 거리의 개를 보면 과자를 꺼내주었다. 바닷가에서 만난 어느 개도 나를 피하지 않았다. 바다 앞에서 모든 개는 외로워 보였다.

그래도 고미와 함께 걸었을 때가 좋았구나 하고 돌아보는 일이 잦아졌다. 내가 고미를 데리고 걸은 게 아니라 고미가 우리를 데리고 걸었는지 모르겠다는 생각도 들었다. 실제로 고미는 나와 아내의 제각각 보행을 미묘하게 조율하며 걸었다. 둘 중 하나가 멀어지면 고미는 딱 멈춰 섰고 덩달아 우리는 서로를 기다렸다가 같이 출발했다.

혼자 걷는 동안 개만 보면 모든 개가 불성을 갖고 있다는 아내의 말이 떠올랐다. 개로 태어난 것을 전생의 부덕 탓으로 돌리는 사고 역시 지극히 인간적인 발상이자 어리석은 논리라고도 말했다. 휴머니즘 외부에서 개를 보는 것, 사람과 개가 서로를 도와주는 것, 그러면서도 각기 저답게 서로를 만나는 것. 어려운 생각이었다.

선뜻 공감하지 않자 아내는 자신이 다음 생에 개로 태어나면 어쩔 거냐고 했다. 때문에 너는 다음 생에 또 사람으로 태어나도 개를 잘 대해줘야 한다고 말했다. 숨이 붙어 있는 모든 생명이 다 외로운 것이라서 서로 정성껏 보살피며 위안을 나누는 것이 잘사는 거라고 아내는 나를 가르쳤다. 그 가르침은 틀리지 않았다.

다만 내가 자주 틀릴 뿐이었다. 언제부턴가 술 마신 날이면 집에 와서 고미와 보기 배에 코를 박고 마구 비비는 음주 습관이 들었다. 다음날 아침 고미, 보기가 내게 와 전날 애정 공세에 화답하듯 몸을 비벼대면 나는 심드렁하게 돌아가 있었다. 귀찮아서 팔로 밀어내기만 했다. 그렇듯 나는 개와 더불어 살기엔 여전히 어설픈, 딱 그 수준의 인간이었다.

고미와 동행한 동해안의 어느 전망 좋은 장소였다. 나무로 만든 바닥에 우리 셋은 나란히 누워 낮잠을 잤다. 하늘은 화창했고 바람은 미풍이었으며 파도 소리는 음악처럼 들려왔다. 아내와 나는 한 손을 잡고 누웠고 고미는 그 사이에 몸을 붙이고 누웠다. 10분을 잤을까 20분을 잤을까. 그 잠은 꿈인지 생시인지 모를 만큼 달콤했다.

아내가 잠깐 손을 꼼지락대면 그 움직임이 내 손을 타고 심장 속으로 들어와 부드러운 공명을 일으켰다. 고미가 약간 몸을 뒤척이기라도 하면 그 촉감이 내 몸 구석구석에 번져 편안하게 나를 감쌌다. 분명히 잠을 자고 있는데도 아내는 아내대로 고미는 고미대로 그렇게 나와 연결되어 있다는 느낌이 선명했다. 그 존재감이 참으로 달았다.

누가 먼저 일어났는지 기억에 없다. 셋은 주섬주섬 나란히 일어났다. 그리고 거짓말처럼 눈앞에 펼쳐진 새파란 바다를 다 같이 바라보았다. 정말 좋다– 아내는 기지개를 켜며 아기 같은 미소를 지었다. 좋다– 나도 정말 좋았다. 그 짧은 낮잠 동안 난 꿈을 꾸었다. 꿈에서도 우리 셋은 낮잠을 잤다. 넌 무슨 꿈을 꾸었니? 고미는 말이 없었다.

Chapter 05 여행

여행 #01

물끄러미 바라보는 것.

여행을 통해 최종적으로 누리고 싶어하는

어떤 상태가 그런 것이 아닐까 싶다.

선명하고 생동감 넘치고 물컹물컹한 순간들로 가득한

여행의 하루를 마감하는 끄트머리엔 언제나

흐릿하고 눅눅하고 아스라한 순간들이 기다리고 있다.

여행 #02

나라고 하는 거푸집을 간신히 떠나면
나라고 하는 또 다른 세계로 들어가는
숱한 오솔길을 발견하는 일이 시작된다.
이 길로 들어가서 만난 나,
저 길로 들어가서 만난 나,
그렇게나 많은 나에게로 돌아가는 길,
그 길들이 모두 집으로 가는 길이다.

여행 #03

아내와 함께 여행하며

나는 내 인생의 기적을 다시 만날 수 있었다.

아내는 발밑의 사소한 것과 눈높이의 시시한 것과

머리맡의 흔한 것에 깃들어 있는 기적에 대해

감탄하는 일이 무엇인지 여행 내내 가르쳐주었다.

아내는 나와 그렇게 살기를 기도했다.

한없이 작아지는 것,

작아지다가 점 너머로 소멸하는 것,

그런 기분이 두렵지 않게,

덤덤하고 편안하게 다가온 것도 여행 덕분이다.

사는 동안 서서히 작아지고 사라지는 것을

격려해 주고 지켜봐 주는 한 사람이 곁에 있으면 충분하다.

고맙게도 아내는 나를 사랑한다.

여행 #04

여행 #05

바닷가 명소마다 여행자들의 이름이 남아 있다.

마을 주민들은 그렇게 이름을 써두지 않을 것이다.

한 번 왔다 갈 뿐인데,

도리어 그래서 아예 지울 수 없게 이름을 새기는 것일까.

이름 남긴 그들이 생애 다시 한 번 그곳에 찾아온다면

그나마 쓸모가 있을지 모르겠다.

2006
수능D-100 대박
윤정환

여행 #06

아내를 화나게 한 다음이면 나는 쇼를 해야 했다.
아내의 침묵은 나를 슬프게 만들고 벌 받게 하고
빌게 이끈다. 내 탓이다.
그때마다 아내 앞으로 쭉 치고 나가서 한참을 걸어간 다음
뒤 한번 쓱 돌아보고 재롱을 떨었다.
찍지 않기로 했는데 아내는 찍었다.
"이거 지우면 죽어!"

여행 #07

기억의 집은 점차 낡고 기울면서 망가져가는데
가끔 그곳에서 꺼내본 과거의 어떤 감정은
여전히 뜨거워서 당혹스럽다.
미움의 감정은 특히 식을 줄 모르는 것 같다.
여행은 마술처럼 그런 감정을 하나씩 불러내서
한줌 먼지처럼 바람에 씻겨 날아가게 해주었다.

여행 #08

모든 여행을 마치고 TV 뉴스나 신문을 통해
그곳을 다시 보는 일은 언제나 거짓말 같다.
그때 그곳에 있었던 아내와 나의 존재감을
그곳이 아닌 딴 곳에서 지금 쳐다보는 일이야말로 비현실 같다.
우리가 있어야 할 여기 이곳에 대한 감각에 혼란이 생기곤 한다.

여행 #09

주민들은 보이지 않으나 그들의 고된 노동의 흔적이
가지런히 전시되어 있는 장면을 볼 때
그 장관 앞에서 우리는 벅차다.
여행은 땀 흘리며 일하느라 수고한 자들의 흔적 사이를 걷는 것이다.
자연과 문명의 이로움을 일궈낸 그 너머로 걸어가서
자신을 온전히 추수하는 길로 들어서는 것이 여행이다.
그 입구에는 수많은 기억들이 널려 있으나
실은 언제나 텅 비어 있다.

따끈한
대추차
있습니다
시원한
동동주
유자차
피
있습니다
식혜
있습니다

하루 두 끼 밥 사먹고 한 끼는 건너뛰거나 대충 먹었다.

아내는 잘 먹었고 나는 부록처럼 깨작깨작 먹었다.

나는 간식에 강하고 아내는 주식이든 간식이든 다 강했다.

초보 여행자들이 뽑은 음식 베스트 1위는

양양 '범바우 막국수' 집에서 먹은

막국수와 시골두부와 동동주 한 사발이다.

소박하고 정갈하고 재료의 맛이 제각각 살아있다.

간식 베스트는 돌산도 노점에서 먹은

커피빵과 쑥빵, 옥수수빵.

거기에 곁들인 갓김치와 동동주, 식혜 한 잔이다.

여행 #10

사람들은 당장 여행을 떠나고 싶어 미치겠다고 말하면서도 그럴 수 없는 수많은 이유를 갖고 있다. 나도 같았다. 허나 가져야 할 것은 여행을 떠나야 하는

단 하나의 이유다.

Chapter 05

여행

자신이 언제 태어날지 아는 사람은 없다. 사는 동안 알면 좋은 것은 사랑할 때와 죽을 때이다. 안다는 것은 물끄러미 바라볼 수 있다는 뜻이다. 사랑에 탐닉하고 집착하는 것, 죽음을 두려워하고 멀리하는 것, 그 마음을 비우면 득도한다. 허나 사랑이 떠나고서야 뒤늦게 사랑을 깨닫고 죽는 순간까지도 죽음을 밀쳐내려고 애쓰는 존재가 사람이다.

나는 언제 출발하면 좋은지 막막해하던 초보 여행자였다. 그냥 어느 날이었다. 그날은 오래 전부터 나의 내면 깊숙한 곳에 보관되어 있다가 떠나기 하루 전이나 당일에 갑자기 배달된 것처럼 불쑥 다가왔다. 다녀와 보니 여행자가 알면 다행인 것이 있었다. 여행을 좀더 계속하는 게 좋을지, 그만 집으로 돌아갈 때가 된 것인지를 알아차리는 일.

처음 여행을 시작한 날, 중간 중간 돌아온 날, 여행을 끝맺은 날, 그 모든 날이 공교롭게 다 흐렸다. 해를 볼 수 없었다. 활짝 갠 하늘, 눈부신 태양, 따듯한 공기, 싱그러운 바람은 우리를 드문드문 만나줄 뿐이었다. 떠난 날은 엄청난 황사가 천지를 덮었다. 4월부터 6월까지 65일 동안 곧잘 흐렸고 비는 잦았으며 항상 먼지바람이 불었다. 덕분에 여행자는 차분했다.

흐린 하늘 사이로 엷은 햇살 비추거나 여우볕 날 때, 혹은 복되게 온종일 햇볕 푸진 날에나 간신히 자신의 온전한 그림자를 만날 수 있었다. 아, 나에게 그림자가 있었네! 놀랄 만큼 아내와 나는 저를 따라다니는 그림자를 신기하게 쳐다보았다. 나로부터 떠나 나에게로 돌아오는 여행은 자신의 그림자 말고는 기댈 이가 따로 없었다.

그렇듯 그림자는 가끔씩 출현했지만 모습을 감춘 대부분의 시간 동안에도 내 안에 들어와 있었다. 그 사실을 갈수록 더욱 명징하게 느낄 수 있었다. 도시의 일상을 쳇바퀴처럼 도는 동안에는 억누르고 지우려고만 들었던 내 모습들. 그것은 그림자가 되어 한시도 나를 떠난 적이 없었다. 한사코 부정하며 돌아보려고 하지 않았을 뿐이다.

여행은 그 모든 내가 다 너라며 무수한 나를 내 앞에 내놓고 있었다. 약한 것, 싫은 것, 화난 것, 못난 것, 나쁜 것을 내 밖으로 몰아내고 마치 내 것이 아닌 양 할 수 없다는 것을 수긍했다. 그 모든 것은 없애서는 안 되는 나였다. 끝내 같이 살면서 보듬어야 할 또 다른 나였다. 흐린 날이면 나는 나의 그림자를 사뿐히 안고 걸었다.

떠나서 고생하며 울고 웃다가 돌아오는 여행. 그것은 공동체의 신화가 사라진 시대에 누구나 손수 체험하고 소유할 수 있는 개인의 신화다. 같은 자리에 돌아와 있지만 떠날 때의 나와 달라진 내가 도착해 있는 것. 그 둘이 다시 하나로 뒤섞이며 혼미해지는 것. 그렇더라도 느낌은 몸에 남아 언제든 다시 떠나라고 꿈틀거리고 있었다.

신화의 세계에 살았던 인간의 여행은 자신의 내면 세계와 외부 세계가 분리될 수 없게 연결된 뫼비우스의 띠였다. 그는 기적을 믿었고 자신으로부터 떠날 수 있었다. 그의 여행은 마법과 공포와 희열과 고통으로 용솟음쳤다. 모든 가능성이 열려 있었다. 무엇이든 될 수 있고 어디로든 갈 수 있었다. 여행을 다녀온 그는 전과 같을 수가 없었다.

집을 떠나는 것, 하던 일을 멈추는 것, 일상의 속도에서 벗어나는 것. 그렇게 문득 시작된 바바 여행은 잃어버린 뒤에도 잃어버린 줄 몰랐던 나를 만나는 여정이었다. 너무 많은 내가 있어서 혹은 너무 확고한 나만 있어서 자신이 누구인지 모르는 나 같은 이에게 여행은 기적을 일으켜주었다. 나 자신이 원래 어떤 존재인가를 보여주었다.

자신을 믿지 못하는 불안, 자신이 누구인지 모르는 무지, 자신을 기억하지 못하는 망각. 나를 둘러싸고 있던 각질 같은 것들이 여행을 하는 동안 하나둘 떨어져 나갔다. 껍질을 벗고 나자 중년에 이른 내 생애에 그동안 기적이 참 많았다. 나는 이제껏 수많은 기적들 속에서 살아 숨 쉬고 있었다. 나와 연결된 모든 것이 기적이었다.

무심코 밟고 지나간 풀, 발에 채인 돌멩이, 목덜미에 떨어지는 빗방울, 어슬렁거리며 지나가는 개, 생각지도 못한 곳에 있는 의자, 내 등을 떠미는 강한 바람, 앞서가는 아내의 긴 그림자. 그때 그곳의 그 모든 것이 오래 전부터 나를 기다리고 있는 것 같았다. 그 찰나의 만남들이 한 치 오차도 없이 나를 정확하게 스치고 지나가는 것 같았다.

기적은 하루하루 엄청나게 많았다. 살아있다는 것, 고통을 느낀다는 것, 수십 년 다른 길을 걸어온 아내와 내가 그날 그 자리에서 만난 것, 함께 여행하며 아옹다옹했던 것, 다시 홀로 걷는 것. 감탄할 줄 몰랐고 감사하지 못했을 뿐이었다. 만사가 내 생애에서는 두 번 다시는 없을 기적이라는 것을 여행은 생생히 느끼게 해주었다.

나는 아무것도 아니다.

사람들은 당장 여행을 떠나고 싶어 미치겠다고 말하면서도 그럴 수 없는 수많은 이유를 갖고 있다. 나도 같았다. 허나 가져야 할 것은 여행을 떠나야 하는 단 하나의 이유였다. 아니 바로 그 이유를 몰라서, 그 질문을 던지지 않으면 견딜 수 없기에, 떠날 수밖에 없는 것 아니냐고 반문하는, 그런 상태를 더는 외면하지 않으면 족하다.

여행자는 질문을 던지는 자다. 답을 구하거나 결론을 내리는 자가 아니라 질문을 던진 다음 오감을 열고 마음을 비워서 기다리는 자다. 질문하고 기다리는 과정을 반복하는 여행은 하루도 같지 않게 나를 이끌어주었다. 여행을 통해 얻은 자신에 대한 깨달음은 단 한 번도 내가 예상하거나 상상했던 방식으로 오지 않았다.

식당에서 밥을 먹다가, 생수병 물이 똑 떨어졌을 때, 아내와 다투던 도중에, 길 위에서 모르는 이와 눈길 주고받으며 지나치는 사이에, 쉬어가는 나무 그늘에서, 생소한 잠자리의 이불 냄새를 맡으며 뒤척이다가, 아침 햇살 아래 기지개를 켜다가. 그 순간순간 마음 저 밖으로 내쳐두었던 이야기들이 다른 의미가 되어 내 안으로 슬쩍슬쩍 들어왔다.

그동안 나를 지탱했고 나를 나답게 해왔던 것들이 실은 내가 아니라는 생각이 들기 시작했다. 나는 특별하다, 나는 남들이 못하는 것을 한다, 나는 무엇이든 할 수 있다, 나는 사람들의 인정을 받는다, 나는 친구가 많다, 나는 오래 기억될 것이다 등등. 그런 너는 네가 아니었다는 소리가 조금씩 천천히 분명하게 들려왔다.

여행은 나를 작게 만들고 있었다. 65일 동안 육지의 바깥 길을 따라간 여행은 나를 아무것도 아니게 만들었다. 겁나거나 싫지 않았다. 나는 남들이 다 하는 것을 하기에도 벅찼고, 아무런 힘도 갖고 있지 않았으며, 보잘것없었다. 나는 언제나 혼자였고 사라지면 바로 잊힐 것이다 하는 그런 중얼거림이 의외로 편안했다.

그 상태를 딱히 뭐라고 설명하거나 표현하기 어려웠다. 이를테면 바다 보는 여행이 거듭될수록 나는 액체로 변하고 기체로 변하다가 비라도 내리면 망망대해에 물 한 방울로 떨어지는 것처럼 한없이 작아지는 느낌이었다. 나는 내가 아는 사람들이 알고 있는 바로 그 사람이 아니었다. 나는 내가 모르는 수많은 사람들 중의 한 사람이었다. 홀가분했다.

훌륭한 여행자는 매순간 무엇을 해야 하는지 그냥 아는 것 같았다. 한계를 실험하고 극한에 다다르며 남김없이 성취하는 것만이 훌륭한 여행은 아니다. 제대로 된 여행자는 틱낫한 스님의 말처럼 자신의 발밑에 떨어진 행복부터 주워 담을 줄 아는 자였다. 목표나 계획을 떠난 여행은 더욱 그랬다. 아내는 여행 도중 수시로 멈추어 발밑을 보았다.

뭐해? 와봐! 뭔데? 어느새 아내는 쪼그려 앉아 무언가를 열심히 쳐다보고 있었다. 그렇게 나를 부를 때마다 나는 가지 않았고 우두커니 서 있었다. 가끔 가보거나 잠시 뒤에 전해 들으면 별것 아니었다. 민들레거나 이름 모를 풀꽃이었다. 불가사리거나 이름 모를 조개 껍데기였다. 그 자리마다 어김없이 야아— 하는 아내의 탄성이 흘러나왔다.

먼 바다와 길 끝을 보는 게 나의 여행이었다면 아래를 굽어보고 땅을 바라보는 것이 아내의 여행이었다. 아내는 발밑 세계를 잘 살폈다. 문득 서거나 허리 굽히거나 쪼그려 앉으면 그 순간 그 자리에서 묵상을 했다. 아내는 무엇을 해야 하는지 잘 알았다. 개 만나면 쓰다듬어주고 놀 만한 곳 나타나면 놀고 한잠 자고 가도 될 때면 벌렁 누웠다.

소소하고 시시하고 사사로운 것들로 여행은 풍요로웠다. 인적 없는 작은 바다가 나타나면 아내는 신발과 양말을 벗고 바닷물에 발을 적셨다. 아내와 동행했던 3차 바바 여행까지 나는 고작 서너 번 바다에 발을 담갔을 뿐 대부분은 바닷물에 들어간 아내를 지켜보기만 했다. 혼자 여행한 4차부터 나는 슬그머니 아내 흉내를 냈다.

아내가 탔을 법한 그네를 만나면 앉아 엉덩이를 흔들어보았다. 아내가 배낭을 베개삼아 누웠을 법한 언덕에 오르면 조용히 누웠다. 아내가 좋아한 아담한 바다를 보면 신발과 양말을 벗었다. 눈 아래로, 몸 밑으로, 허리 아래로, 발 밑으로, 발바닥 닿는 곳으로, 거기 있는 그 순간을 생각했다. 이 여행이 나에게 해주려던 것이 무엇인지 비로소 알 것 같았다.

아내는 말했었다. 자신은 칭찬받아야 하고 사랑받아야 한다고 생각했던 모습대로 자란 것 같다고. 그것이 자기가 아님을 안 것은 대학 졸업 후 대기업에 들어간 다음이라고 했다. 아내는 회사를 그만두었다. 동료도 가족도 친구도 납득할 수 없었던 아내의 여행은 그때부터 여성주의 신문사로, 대안 학교로, 국제 교류 기구로 이어지다가 나에게 왔다.

나만큼이나 아내는 수많은 부류의 사람을 만났고 다양한 일을 겪었다. 나와 살아보겠다고 생각한 다음 아내가 결심한 것은 두 가지였다. 하나는 자신의 몸이 말하는 것을 주의 깊게 듣겠다는 것. 아내는 요가를 시작했다. 다른 하나는 남에게 피해나 상처주지 않는 방법으로 살겠다는 것. 아내는 이해 관계로 갈라서는 일은 하지 않으려고 했다.

처음에는 그것이 방어적이고 소극적인 처신이라고 생각했다. 틈만 나면 이 일 해보라고 저 일 어떠냐고 제안했지만 허사였다. 나는 자꾸 저지르려고 하는 사람이었고, 아내는 가급적 저지르지 않으려는 사람이었다. 나는 보태려고 들었고, 아내는 빼내려고 했다. 어느 날 아내가 내게 말했다. 남 힘들고 어지럽히지 않는 게 평화야.

결혼 서약서에는 아내의 바람대로 매일 아침 떠오르는 해를 보며 그날 하루의 삶에 감사하겠노라고, 매일 밤 별을 보면서 우리와 마음을 나눈 분들을 기억하겠노라고 써 있었다. 우리는 결혼식에서 서약을 낭독했다. 아내는 그렇게 살려고 했다. 나는 온갖 일에 빠져 지냈다. 매일 아침 해가 떴는지 별빛은 비쳤는지 알지 못했다.

결혼 후에 아내는 틱낫한 스님의 플럼 빌리지에서 만났던 이들과 모임을 가졌다. 음식 잘 먹고 마음 잘 쓰고 잠 잘 자는 모임이었다. 아내는 하루나 이틀씩 사찰에 갔다. 휴일에는 빌빌대는 나를 보다가 "넌 쉬는 게 좋겠다" 하고 혼자 갔다. 일주일 가량 단기 출가를 다녀온 그날 밤 나는 알았다. 아내의 여행이 계속되고 있다는 것.

내 한 몸부터 숨 잘 쉬는 거, 그 상태로 너 만나는 거, 누굴 만나든 그 기운이 전해지는 거, 그렇게 살자. 요가하자고 안 할게. 절에 가자고도 안 할 거야. 너는 너대로 숨 잘 쉬면서 살아. 부부라도 서로 구속하는 건 안 좋아. 서로 다치지 말고 살자. 그날 밤 이야기는 아내의 온아한 표정과 음성 덕분에 시종 따듯했으나 동시에 서늘하기도 했었다.

또 배고파?

아내와 동행하는 동안 밥상은 늘 푸짐했다. 혼자 여행할 때면 컵라면이나 설렁탕이 전부였다. 아내가 없었다면 바바 여행은 음식과 무관했을 뻔했다. 아내는 무슨 음식이든 씩씩하고 정성껏 먹었고 나는 허기만 감추면 그만이었다. 아내는 내가 남긴 음식도 깨끗이 해치웠다. 그런 아내는 식사한 지 얼마 지나지 않았건만 시시때때로 배고프다고 노래했다.

나 배고파. 아내는 아프거나 힘들어서 못 걷겠다고 말한 적은 일절 없었으나 배고파서 못 가겠다며 농 섞인 투정은 자주 했다. 밥 줘라! 밥 줘라! 하고 내 등에 대고 외치기도 했다. 한번은 식당을 만나지 못해 내처 가다가 어느 순간 해안도로 난간에 널려 있던 미역을 양손에 쥐고 맛있게 빨아먹으며 걷는 아내를 보고 한참 웃었다.

자주 배고픈 아내 덕에 우리는 이틀 건너 밤바다 회나 고기를 먹었고 술을 마셨다. 다투거나 몸 고되거나 기분 추레한 날이면 보상이 필요했다. 나는 깨작깨작 먹었으나 아내와 같이 먹는 것은 다 좋았다. 푸지게 먹고 술에 취하면서 자신과 가족과 관심사에 대해 이야기를 나눴다. 그랬었구나, 정말 좋았겠다, 많이 슬펐구나, 지금도 미워?

아내와 함께한 3차 바바 여행까지 그 37일 동안의 식사 때문에 우리는 진짜 식구가 될 수 있었다. 정작 결혼해 한 집에 살면서는 따로 밥 먹는 일이 잦았다. 여행길 밥상 자리가 나았다. 마주앉아 넉넉한 마음으로 음식을 먹고 술잔을 기울이며 오래 이야기 나누는 것. 그런 자리가 부부의 연을 맺은 우리 사이에 앞으로 얼마나 더 남아 있을까 싶었다.

혼자 여행하면서 식당에서 밥 사먹고 편의점에서 요기할 때면, 혼자 사는 동안 늘 그랬는데도, 꽤나 허전했다. 연애만 해도 족한데 굳이 한 집에 사는 것은 아내 말대로 날마다 같이 밥 먹자는 뜻이었다. 내 앞에서 맛있게 밥 먹고 달떠서 술 마시던 아내의 얼굴이 참 예뻤다. 같이 밥 먹었던 그 밤마다 나도 아내 앞에서 예뻤을 것이다.

그런 날이면 대화는 끝나지 않을 것 같았다. 밤늦도록 아내와 나는 그날그날의 연인이 되었다. 피로연을 마치고 한 방으로 들어가는 남녀처럼 낯선 잠자리에 함께 들었다. 가끔은 몸이 달아올라서 창문을 열어두었다. 그 하룻밤이 너와 나의 전부인 양 서로를 바라보았다. 눈빛이 영글고 창문 너머로 바람 불어오면 우리는 사랑이 고팠다.

여행은 지나간 일에서 자유로운 것이다. 아직 오지 않은 운명을 궁금해하지 않는 것이다. 그 순간 그 자리 그 풍경 그 존재를 만나는 일에만 충실하면 여행은 충만했다. 오직 현재에 몰입하면서 흔적 남기지 않고 여기에서 여기로 가볍게 이동하는 것. 그 여행은 마음의 독을 쉬이 빼내고 금세 치유와 회복의 새살이 돋아나게 했다.

목회의 길을 가느라 어머니를 모시고 살 수 없었던 형에게 가졌던 잠깐의 원망, 어머니에게 거만하게 굴었던 두 매형에 대한 은근한 원망, 형제자매 중 경제적으로 가장 넉넉하면서도 자식들 일류 만드느라 가장 쪼들리는 것처럼 아등바등 살아가는 큰 누나의 삶에 대한 비난, 어머니에게 못되게 굴었던 이모에 대한 분노 등 미워하는 갖은 마음이 다 떠올랐다.

그런 감정들이야 나이를 먹으면서 점차 둔해졌다고 생각했는데, 까먹어서 아예 없었던 것처럼 이제는 상기할 일도 없다고 여겼는데, 여행을 하는 동안 이상하게도 하나하나 선명하게 되살아났다. 무엇 때문에 기억나는지 몰랐다. 그보다는 그처럼 오래된 감정들이 지금까지 생생하게 느껴진다는 것이 놀라웠다. 내가 정말 그랬었나 싶었다.

계기랄 것도 없었다. 해안도로를 따라 바다와 나무와 산과 바람을 느끼며 자연과 벗하는 여행이 하루하루 계속될 뿐이었다. 그 나날은 그저 그 순간과 그 자리에만 전념하며 무상무심으로 터벅터벅 걷는 여행이었다. 마음 수행도 아니고 국토 순례도 아니며 극기 훈련도 아닌 그냥 여행이었다. 그런데 속에서 꾸물꾸물 저절로 나오는 것들이 있었다.

한번 마음의 그릇에 담아두었던 독한 것들은 언젠가는 삐죽삐죽 나오게 마련인 것 같았다. 어쩌지 못해 묵과하거나 무시했던 것, 참기만 하다가 꿀꺽 안으로 삼켜버렸던 것, 그럴 만했다고 적당히 정당화하면서 봉인하고 말았던 것, 사는 게 다 뻔뻔한 것이라고 치부하며 방치해 두었던 것들이 마치 비좁아서 더는 못 있겠다는 듯 빠져나왔다.

화해라고 말하기엔 민망했다. 용서라는 말은 더 맞지 않았다. 그것들은 내 속에 있기엔 부적절한 이물질이었다는 듯 나에게서 나와 바람처럼 먼지처럼 흩어졌다. 나는 목이 말랐고 더 자주 물을 마셨다. 내 속이 조금씩 맑아지는 기분이 들었다. 나는 점점 더 자유로웠다. 바다를 떠나 서울에 왔을 때 다시 원점으로 돌아온다 해도 나는 좋았다.

다 거짓말 같아.

1차 바바 여행을 마치고 집에 왔을 때 텔레비전 뉴스는 네 명의 청년이 동반 자살했다는 소식을 전했다. 정동진 어느 여인숙이었다. 아내와 하룻밤 묵었던 그곳에 그들은 불과 닷새 뒤에 도착한 것이다. 그들은 그곳에서 생애 마지막 밤을 보내고 한날한시에 다 같이 삶의 여정을 마무리했다. 사연은 알지 못하나 좀더 여행을 계속했더라면 싶었다.

5차를 끝으로 바바 여행을 마치자 얼마 뒤 장마와 태풍이 왔고 바닷가 곳곳이 큰 난리가 났다. 아내와 나는 우리가 가보았던 그때 그곳을 뉴스에서 보았다. 해안도로는 침수되고 가옥은 파손되었으며 파도는 미친 듯이 울부짖고 있었다. 성금 모금과 복구 작업이 시작되었다. 도시 사람들은 또다시 바다로 한여름 짧은 휴가를 떠났다.

그처럼 여행은 서울 집으로 와서 맞이한 7월 어느 날부터 갑자기 비현실이 되었다. 1차 바바 여행을 마치고 집에서 본 뉴스처럼 바닷가를 거닐다가 중간 중간 서울로 돌아올 때마다 현실과 비현실을 넘나들고 있었다. 여행을 망설이던 3월 어느 날로 복귀했다가, 달력에서 도려낸 것처럼 4월부터 6월까지를 건너뛰고서, 느닷없이 7월이었다.

나는 여행중에 찍은 2,000컷 정도의 사진 중에서 1,000장 가량을 인화했다. 사진들은 내 방을 가로지르며 치렁치렁 걸어둔 다섯 가닥의 줄에 어지럽게 널려있었다. 때나 장소, 사연에 대한 기록이나 메모 따위가 일절 없는 사진들을 보니 어찌 수습해야 할지 몰랐다. 사진들은 어쨌거나 그때 그곳에 당신이 있었다는 것만을 주장하고 있었다.

꽤 한참을 그렇게 놔두었다. 어느 날 아내가 방에 들어와 사진을 보다 혼잣말을 했다. 다 거짓말 같아, 아주 오래 전 옛날 같아. 사진들로 혼잡한 방은 티베트 경문을 적어둔 오색 천깃발 룽다lungda 같기도 했다. 히말라야 사람들은 산언덕과 산간 마을에 룽다를 걸어두고 바람에 닳아 없어질 때까지 놔둔다고 했다. 나는 사진을 뚫어지게 쳐다보았다.

사람은 필요한 것을 찾기 위해 온 세상을 돌아다니지만 결국 집에 돌아와서 그것을 찾아낸다고 어느 소설가는 말했다. 여행은 자신이 누구인지, 얼마나 특별한 존재인지, 얼마나 아무것도 아닌지, 그 모든 질문을 결국은 집까지 가지고 돌아와서 얼마간 어쩔 줄 몰라 하는 것이었다. 집으로 귀환했으나 당분간 여행은 좀더 계속되고 있었다.

늘 달고 살았던 자신의 그림자를 용인하기 위해, 자신의 발밑에 나뒹

구는 복을 주워 담기 위해, 누군가를 향한 마음의 독을 빼내기 위해, 여지저기 돌아다니다가, 집으로, 자신으로 복귀하는 것이었다. 그렇게 제자리로 돌아왔다. 여행은 성장 코스나 성공 스토리는 아니다. 그것은 성찰의 시나리오이고 성숙의 기적이다.

한동안 방 안에 내걸렸던 1,000여 장의 사진들은 수차례 자리 바꿈을 반복했다. 해서 한편엔 바다 사진들이 모여들고, 저기에는 길 사진들이, 그 위로는 사람들이, 그 옆에는 개들이, 그렇게 여행과 집 사진들도 위치를 잡았다. 더불어 나의 여행 이야기도 갈피를 잡아나갔다. 생략되고 강조되면서 기억의 저장고에 서로 다른 이름표를 달고 배치되었다.

그 모든 일은 집에서 내 방에서 이루어졌다. 그새 짧은 가을이 지나갔고 겨울 같지 않은 겨울이 왔다. 아내는 전과 다르지 않게 요가를 했고 불교 공부를 했으며 플럼 빌리지의 친구들을 만났다. 나 역시 전과 다를 바 없이 일에 빠져서 아침 해가 뜨는지 밤하늘 별은 빛나는지 모르고 살았다. 여전히 아내와 나는 집에서 같이 밥 먹는 일이 적었다.

허나 우리는 더 이상 여행을 떠나기 전으로 돌아갈 수 없었다. 아무 때고 여행 도중의 그날 그곳 그 순간 그 느낌으로 불쑥 돌아가곤 했다. 각색된 기억이고 때로는 전혀 다른 이야기와 뒤섞여 편집되기도 했겠지만, 그 때문에 아내와 종종 설전을 벌이기도 했지만, 그것은 내 몸과 아내의 몸에 따로 또 같이 새겨진 문신처럼 남아 있다.

방 안 가득했던 사진들을 청소하는 날, 가위로 줄을 잘라내고 사진을 한 장 한 장 손으로 떼어냈다. 차곡차곡 개켜서 쌓아두는데 아내가 사진 한 장을 집어 들었다. 야, 이거 정말 맛있었지? 아내가 내민 사진에는 아담한 밥상이 있었다. 순간 나도 모르게 군침이 돌았다. 내친김에 우리는 정리해 놓은 사진 더미 속에서 몇 장의 사진을 더 빼냈다.

초보 여행자들이 뽑은 음식 베스트 4

1. 쑥빵, 옥수수빵, 커피빵. 색깔별로 한 개씩 먹었다. 갓김치 얹어 먹었다. 동동주 한 사발 들이켰고 식혜 한 컵 마셨다. 색색의 빵 때문에 맛만 보려다가 아예 배부른 식사를 하고 말았다. 정말 맛있었다. 돌산도 정상에 올랐다가 내려오는 길에 만난 노점. 처음엔 먹을까 말까 꽤 망설였다.
2. 막국수와 시골 두부와 동동주 한 사발이 소담하고 정갈하게 차려진 점심 밥상. 재료의 맛을 누르지 않는 겸손한 간 때문에 우리는 감격하며 싹싹 먹었다. 화마가 휩쓸고 지나간 산들은 시커먼 재로 변해 있었는데 식당은 그 언덕에 있었다. '범바우 막국수' 집, 양양에 있다.
3. 라면 한 그릇과 밥 한 공기와 무김치 그리고 나물 한 접시. 간단히 요기할 생각으로 그렇게 주문했더니 아주머니는 2인분으로 적을 텐데 하면서도 금세 상을 내줬다. 절벽 아래로 바다를 내려다보는 평상에 앉아 기막힌 아침 식사를 했다. 남해 다랭이 마을에 있는 '해안의 집'이다.
4. 국 한 그릇과 김밥 한 접시. 늦은 점심을 먹기 위해 식당을 찾

다가 여기까지 온 김에 굳이 그 집을 찾아가서 먹겠다고 한참을 수소문해 들어간 식당. 통영에 있는 '삼대 충무할매김밥'. 시키지 않아도 알아서 나왔다. 마침내 원조의 맛을 보는 순간 입은 심심하기만 했다. 그래서 더 좋았다.

Chapter 06 집

집 #01

이 세상에서 가장 아름다운 길은 집으로 돌아가는 길이다.

그때의 집은 평수나 가격이나 기능이나 미적 외관과 무관하게,

아니 그것들의 총합을 뛰어넘어 존재하는 곳이다.

나의 온 감각과 관계에 각인되어 있는,

내가 왔고 내가 돌아갈, 처음이자 마지막.

집 #02

어머니와 살았던 열 개의 집은
아홉 번의 이사에 대한 기억으로 남아 있다.
이 집에서 저 집으로 다시 그 집으로.
그렇게 집을 바꿔 살았는데도
그 집에서 일어났던 가족과 하숙생들의 소식은
용하게도 늘 잘 따라다녔다.
삶이 가는 곳으로 집이 따라와야 옳았다.

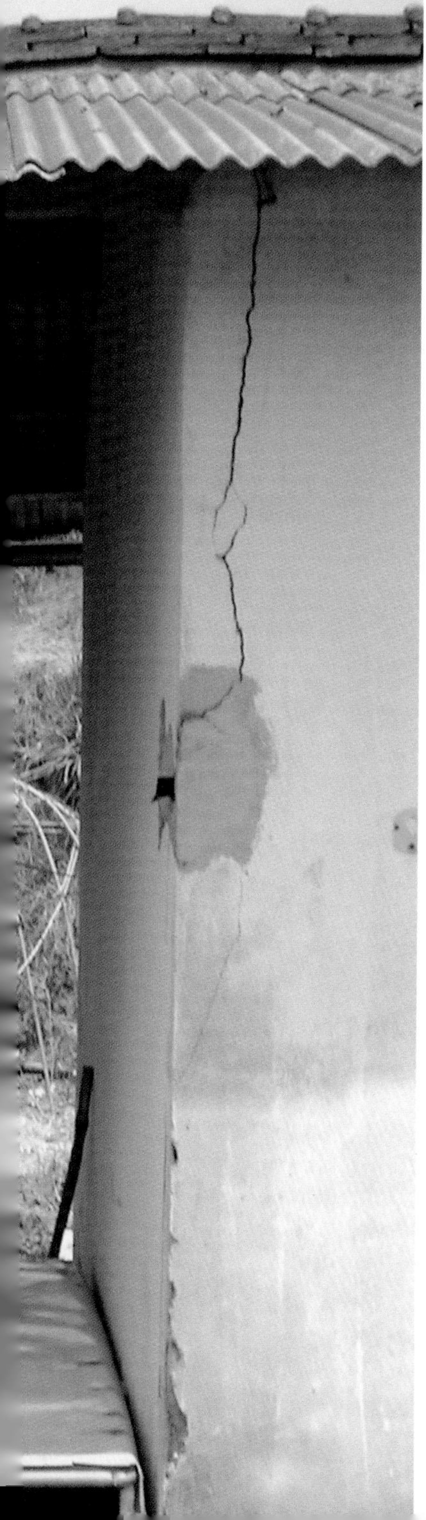

집 #03

한 집에 오래 살아보지 못한 탓에

나는 오래된 집의 수수한 외관을 만나면 경건해진다.

줄곧 한 곳에서 생존의 무게를 버티다가

검소하고 소박하게 늙어가는 구석구석에서

그 긴 세월의 복잡하고도 단순한 무늬를 본다는 것은

한 세상의 처음과 끝을 동시에 다 보는 일이다.

집 #04

기울어도 쓰러지지 않고

낡았어도 푸르름을 유지하는 곳에서라면,

심각한 인생 고민이나 갈피를 잡을 수 없는 삼각 관계라도

여유 속에서 튼튼한 실마리를 찾을 수 있을 것 같다.

우리는 꽁꽁 틀어박혀 숨기 위해서가 아니라

넉넉한 숨을 쉬기 위해 집에 가는 것이다.

집으로 돌아가는 길의 첫 장면에

마을 어귀나 툇마루에 나와 기다리는

할머니나 할아버지를 떠올릴 수 있는

시간이 점점 줄어들고 있다.

설이나 추석 명절에 돌아가는

고향집의 부모님이 하나둘 세상을 뜨면,

우리는 그 어디에서 돌아갈 집을 찾아야 하는 걸까.

집 #05

집 #06

부부의 연을 맺고 34층에서 살다가 11층으로 내려온 아내의 소망은
다음 집은 문 나서면 바로 흙 밟는 곳이어야 한다는 것이다.
흙 있으면 나무가 있고 그 나무의 키보다 낮은 곳에서 살 수 있다면,
아니 그런 집이야말로 최고라는 아내의 말을 나도 이제는 믿는다.
떠나서 돌아가지 못한 이들의 가슴에 터 잡고 있는 고향집,
그런 집을 짓고 사는 방법을 아내는 찾고 싶어한다.

바닷가 마을을 지나칠 때마다 빠짐없이 보는 장면이 있다.

마을 어귀나 복판에 아름드리 나무 한 그루가 있고

그 아래 나무 평상이나 집에서 안 쓰는 의자들이 옹기종기 모여 있는 모습.

그곳에 앉아 마주하면 주민도 객도 선선하게 인사를 하고 술을 권할 것 같다.

집 #07

꿈꾸는 집에 대해 아내와 나의 진술은

점점 더 완벽하게 일치해 가고 있다.

우리의 결혼 서약문처럼

매일 아침 해를 보면서 하루의 삶을 감사하고

매일 밤 별을 보며 우리와 마음을 나눈 분들을 기억할 수 있는 집.

그 집은 바다와 흙과 나무가 모두 이웃해 있다.

집 #08

집 #09

집에서 30분 가량 걸어가면 나오는 어딘가에

이웃들이 다 같이 모여서 잔치를 벌이고

춤출 수 있는 공터가 있으면 얼마나 좋을까 하고 말했더니,

아내는 바로 이 사진을 꼽았다.

이 사진 속 나무 그늘 아래로

우리가 아는 모든 이들을 초대해 밤새 놀고 싶다.

집 #10

내가 나에게로 내려가는 길,

밑으로 한 걸음씩 옮기며 당도하는 집,

기를 써가며 올라온 고층 빌딩의 사각형 집에서

차곡차곡 떨어지는 삶. 그런 꿈들이

악몽이나 추락이 아니라 뻣뻣하게

곧추 서느라 멀어졌던 내 그림자의 바다와

한 겹으로 합일하는 것임을 알게 되었다.

생을 짓는 것이 집이고,

그 집이 완성되는 날은 자신이 사라지는 날이리라. 아내와 같이 그 집을 짓고 사는 한 나는 환하게 웃을 것이다.

Chapter 06

집

집. 이 단어를 써놓고 한참 바라보다가 발음하는 순간 말놀이만 하고 말았다. 집. 물집. 살집. 몸집. 계집. 칼집. 시집. 도무지 집에 집중할 수 없거나 집에 집착할 줄 모르는 타고난 병이라도 있는 것처럼 집! 하고 혼잣말을 하고 난 뒤에 아무 생각도 나지 않았다. 집은 그저 눕는 잠자리이고 눈비를 가리는 지붕이며 바람을 막는 벽이었다.

몸담았던 그 모든 집에서 나는 즐겁거나 괴로웠고 기쁘거나 슬펐다. 그곳에 추억과 상처가 있었고 만남과 이별이 있었다. 허나 정착하고 뿌리를 내린다는 의미의 집이 나에겐 있지 않았다. 집이란 나만의 방을 만들고, 혹자는 집을 자신만의 우주라고도 했으나 그런 것은 더욱 아니고, 비밀을 쌓아두거나 내밀한 꿈을 꾸는 곳이 아니었다.

칼릴 지브란이 "그대의 집은 꿈꾸지 않는가?" 물었을 때, 그 집은 문을 닫고 지켜야 하는 폐쇄된 안락이 아니라 영적 깨달음을 얻는 열린 순례의 세계를 뜻했다. 내가 그런 의미의 집을 추구한 것도 아니었다. 집은 그저 서로 다른 장소고 크기고 부피고 공간이었다. 그곳에서 부대끼는 사람들에 얽힌 풍문 같은 이야기들이었다.

집은 언제든 떠날 수 있는 임시 거처였다. 중간에 잠깐 내려서 쉬고 있는 정거장 같은 것이었다. 그렇다고 중앙아시아 유목민의 천막집 유르트yurt나 몽골 사람의 이동집 게르ger처럼 떠도는 삶을 운명으로 체화한 것도 아니었다. 가능하면 안전하고 편리한 집에 오래 머물고 싶었으나 여의치 않아 옮기고 또 옮겼을 뿐이었다.

집은, 내가 기억하는 모든 집은, 여기 있다가 저기 있고 지금은 이곳에 있으나 곧 딴 데로 가게 될, 그럼에도 늘 똑같은 짐을 부리는 조금씩 다른 세트장이었다. 살았던 집들에서 나는 장식물이란 것을 본 적이 없었다. 쓸모없거나 한번 쓰면 불필요해지는 것, 쉬이 망가지거나 손을 많이 타는 것은 있지 않았다. 집은 항시 단출한 짐이었다.

이번엔 어디로 가?

두 살씩 터울 지는 두 누나와 형은 집에서 태어났다. 그 후 어머니는 10년 가까이 임신을 하지 않다가 마흔 넘겨 아이를 뱄다. 남세스러웠던지 걱정 때문인지 더운 여름날 병원에 가서 막내를 낳았다. 병원은 나의 출생 기록을 보관하고 있겠으나, 사망 기록도 보관하게 될지 모르나, 그

곳은 집이 아니다. 나는 집에서 태어나지 않았다.

집 하면 사람들은 가족부터 떠올리는데 나는 그것이 익숙하지 않다. 기억나는 유년기부터 어머니와 사별한 마지막 날들까지 집에는 늘 가족 아닌 식구들이 살았다. 나에게 집이란 가족보다는 그들과 같이 먹고 놀고 자는 합숙소 같은 곳이었다. 집은 그들과 함께 손수레에 짐을 싣고 이사를 다녔던 이 집 저 집 그 집 기타 등등이었다.

나는 현재까지 내 생애의 절반을 어머니의 하숙집에서 살았다. 그 하숙집은 아홉 번 이사했다. 커튼으로 나눈 지하 쪽방, 판자로 지은 가건물, 개량 한옥, 일본식 집, 일반 양옥 등으로 2년에 한 번 꼴로 이사했다. 어머니는 말년에 작은 집을 사서 8년을 살았다. 그 집 말고는 다 전세였다. 병에 걸리자 어머니는 집을 팔고 전세로 옮겼고 그곳에서 숨졌다.

자주 이사했어도 어머니는 섬기던 교회 때문에 같은 동네를 맴돌았다. 전세금 올린다는 통보를 받으면 어머니는 바로 집 보러 다녔다. 무조건 큰 집만 골라 전세를 구한 어머니는 이사 전날까지 새로 얻은 집에 가서 큰 방을 여러 개의 작은 방으로 나누는 칸막이 공사를 했다.

많을 땐 동시에 스무 명이 넘는 하숙생이 살았다. 때문에 이사 전후해 도배 일감은 많았고 겨울에는 방방마다 때맞춰 갈아야 할 연탄도 많았다. 새로 도배한 방들, 막 연탄 갈아준 방들, 그 방들 중에 내 방은 따로 없었지만 어느 방이든 들어가 하숙생들 사이에 껴서 자면 그만이었다.

그 집을 '우리 집'이라고 부르거나 '나의 집'이라고 생각해 본 적이 없었다. 그냥 큰 하숙집이었다. 주인이 따로 있는 남의 집이라 한 시절 살다가 떠나야 할 집이었다. 눌러 살 일 없었기 때문인지 살림 세간은 하숙생들이 저마다 양 손에 한 짐씩 들고 옮기면 끝날 만큼 간소했다.

여행중에는 몰랐었다. 끝마치고 사진을 정리하다가 알았다. 그렇게나 많은 집을 찍었다니. 바닷가를 걷는 동안 정말 기분 좋은 집을 실컷 보았다. 한 번쯤 살아보고 싶은 집을 흔하게 만났다. 그 집들은 하나같이 키가 낮았고 담장이 없었으며 허름했다. 주변 풍경과 분리되지 않았고 풍광 따라 고즈넉하게 늙어가고 있었다.

곳곳에 빈집이나 폐가도 적지 않아서 조금만 수리하면 바로 들어가서 살 수 있을 것 같은 충동을 자주 느꼈다. 그처럼 검박하고 쓸모 있는 집들을 놔두고 우리는 다 어디에 꽁꽁 틀어박혀 살았던 걸까 싶게 넉넉하게 숨 쉬며 살 만한 집은 바닷가 곳곳에 널려 있었다. 그런 집을 만나면 가던 발길 옮기지 못하고 괜히 주변을 배회했다.

집 앞으로는 탁 트인 바다가 출렁이고 뒤로는 야트막한 산이 있었다. 집집마다 마당의 경계를 표시하기 위해 무릎 높이의 돌담이나 키 작은 나무들이 줄지어 있을 뿐 사방 어디로도 시야는 막히지 않았다.

집 마당에는 투박하게 만들어진 나무 평상이 하나씩은 있게 마련이었다. 거기에 벌러덩 누워 잠깐만 낮잠을 자도 바다와 산과 하늘과 태양과 바람을 한꺼번에 맞아들이는 상쾌하고도 달달한 꿈을 꿀 것 같았다. 마당에서 푹푹 익어가는 항아리도, 넘실넘실 춤추는 빨래도, 햇살에 간지럼 타는 나물도 같은 꿈을 꾸고 있을 것 같았다.

내 몸이 활짝 열리고 안과 밖의 경계가 사라지면서 무한하게 확장되는 집, 그런 집에서 꾸는 꿈을 그리워했던 것일까? 누구의 집도 아니라서 그때 그곳에서 살던 사람이 집을 비우면 또 다른 누군가 들어와 살면 되는 집, 그런 집을 찾고 있었던 걸까? 바닷가 도처에는 걷는 내내 연달아 셔터를 눌러야 할 만큼 멋진 집이 참 많았다.

버리지 마라.

눈을 감기 며칠 전 어머니가 내게 말했다. 그 마지막 집은 어머니가 일생을 마감하기 위해 전세로 얻은 지 6개월도 못 된, 암 선고를 받자 어머니 일생의 소원 성취였던 당신 소유의 집을 급하게 처분하고 구한, 유일하게 하숙생을 받지 않은 집이었다. 하숙을 친 그 모든 집들에서 어머니를 따라온 세간은 고스란히 마지막 전셋집에도 옮겨와 있었다.

그 뒤 10년 남짓 혼자 살았다. 어머니 돌아가신 집에서, 반지하 원룸으로, 4층 옥탑방에서, 2층 빌라로, 다시 반지하 원룸으로 전셋집을 옮겨 다니며 살았다. 이사를 다닐 때마다 어머니의 하숙집 세간을 그만 버려야 하나 계속 갖고 가야 하나 고민했다. 대부분 이불이나 요 아니면 그릇, 접시, 수저, 냄비 같은 부엌살림이었다.

이불과 요는 친구들이 오면 두루 쓰다가 빨아도 냄새가 날 때 하나씩 버렸다. 그렇게 다 버리기까지 꽤 걸렸다. 문제는 그릇과 접시였다. 혼자 사는 집에서 무늬와 크기가 제각각인 그릇을 열두 개까지 방바닥에 늘어놓고 재떨이로 쓰기도 했다. 유화 물감을 사다가 닥치는 대로 접시에 그림을 그려서 만나는 이마다 선물이라고 덥석 주기도 했다.

해도 어머니와 하숙집의 세간은 다 없어지지 않았다. 그 물건을 곳곳에 두고 사용하는 집에 새로 살 것은 없었다. 집 실내를 꾸미거나 방에 물건 들이는 것을 나는 아주 싫어했다. 책이나 옷가지는 한쪽 벽면에 몰아두고 나머지 벽과 공간은 최대한 비워두었다. 사정 모르는 친구는 남자 혼자 사는 집이 깔끔한 여관방처럼 깨끗하다고 했다.

아내와 살게 된 첫 번째 집으로 이사를 가기 전이었다. 나도 모르게 속말을 했다. 엄마, 그간 버리지 않고 잘 썼어요, 오래 썼네요, 하도 닳고 낡아서 줘도 누가 가져가지 않겠어요, 동의하시지요? 이제 버릴게요. 어머니와 하숙집의 나머지 물건은 그때 다 버렸다. 혼자 살면서도 내가 나를 하숙치듯 살아온 한 시절이 끝나고 있었다.

"사람이 죽는 날은 자기 집이 완성되는 날이다"라는 아시아 속담이 있다는 것을 미국 사람이 쓴 책에서 보고 알았다. 고종석 선생은 명사 '집'이 동사 '짓다'에서 온 것이 아닐까 하고 썼다. 죽는 날까지 집을 짓는 것이 사람일까? 밥을 짓고 옷을 짓고 약을 짓고 노래를 짓고 표정을 짓고 관계를 짓고 사랑을 짓고 인생의 매듭을 짓는 것.

동갑내기인 전남진 시인은 《어느 시인의 흙집 일기》에 이렇게 썼다. "저는 이 책에서 그리 큰 기술이 없어도, 한 번도 집을 지어본 경험이 없어도 자연 속에 집을 지을 수 있다는 것까지만 증명했습니다." 그는 12년간의 직장 생활을 접고 집을 떠나 혼자 집을 지었다. 땅 다지고 바닥부터 지붕까지 너와집을 지었다. 어린 딸과 같이 살 집이라 했다.

빌이라는 애칭의 윌리엄 코퍼스웨이트. 스스로 집을 짓고 자급자족하는 그는 《핸드 메이드 라이프》에 썼다. 정직한 집은 손수 지을 수 있는 집으로 구조가 단순하고 짓는 데에 적은 시간이 걸리며 미적 만족을 주되 값싸고 청소와 관리가 쉬어야 한다고. 반면 부정직한 집은 크고 복잡해서 그런 집을 짓는 것은 폭력이고 착취라고.

《희망을 짓는 건축가 이야기》를 통해 샘이란 애칭의 사내를 알았다. 건축학 교수인 그는 미국의 가장 가난한 시골에서 학생들과 함께 흑인 농부들의 집과 마을 회관을 짓다가 생애를 마쳤다. 철로 조각, 벽돌, 목재, 종이 상자, 타이어, 도로 표지판 등 재료는 모두 그 지역에서 나온 재활용품이었다. 책에서 본 집들은 내가 본 세상에서 가장 멋진 집이었다.

그들의 집은 쓸데없는 것을 빼서 아름다웠고 쓸수록 근사했다. 재료에 변형을 덜 가하고 가볍게 지어 언제 해체해도 해될 것이 적었다. 그렇게 자신의 한 생애를 짓다가 죽어 없어지는 날 집이 완성되는 것이다. 대대손손 물림하려고 손수 고층 아파트를 짓다가 일생을 마칠 사람이 과연 있을까? 사람이 짓는 것 중에 지속 가능한 것은 없다.

흙 밟아야 해.

아내는 세 살 적부터 25년을 줄곧 한 집에서 살았다. 아파트였다. 그 집에서 초·중·고·대학교를 다녔고 첫 직장을 다녔다. 그 후 나와 결혼하기까지 이사한 두 군데 집도 아파트였다. 11층에서 1층으로, 14층으로. 그런 다음 나와 살림을 꾸린 집은 한강을 내려다보는 34층 전셋집이었다. 전망에 혹해 구했으나 아내는 시름시름했다.

그런 아내가 나주 외가를 말할 때면 화색이 돌았다. 어린 시절 추억이겠지 했으나 인사차 갔을 때 아내가 원하는 집이 어떤 것인지 처음으로 감이 왔다. 커다란 감나무들이 문 앞을 지키고 있고, 들어서면 뜰에 온갖

풀과 꽃이 뒤엉켜 있으며, 꾸미지 않은 아담한 안채 뒤로는 무성한 갈대숲이 청청한 집. 해도 그때는 잘 몰랐다.

34층에 사는 1년간 아내는 늘 푸념이었다. 허공에 붕 떠서 살면 힘이 든다고, 문 열면 바로 흙 밟을 수 있는 집에 살아야 한다고, 너만 좋다면 언제든 서울을 떠났으면 좋겠다고, 북촌이며 의정부며 김포며 파주 이야기를 건넸다. 그 집에 살면서 나는 열심히 돈 벌 궁리만 했다. 번 돈으로 다음에 좋은 집으로 이사 가면 된다고 생각했다.

전망 좋은 34층에서 아내는 내내 아팠다. 두통이 잦았고 무기력증에 시달렸다. 하루 종일 지내보면 그 집이 숨 쉬는 집인지 숨 막힌 집인지 알 수 있다는 아내의 등을 떠밀어 서둘러 바바 여행을 떠났다. 고미와 보기도 데려와 키웠다. 그때마다 잠깐 나아지는 것 같았으나 달라지지 않았다. 아내는 그 집에 살면서 임신 4주차에 유산을 했다.

동네에 있는 가장 키 큰 나무보다 높이 올라가면 어떤 생명도 살 수 없다고, 중력과 지기地氣로부터 멀어지면 심신이 허해진다고 했던 아내의 말이 마음에 박혔다. 바바 여행을 끝마친 그해 늦가을이었다. 거실 통유리창 바깥에 큰 벌레 한 마리가 붙어 있었다. 34층 높이의 유리벽에 붙어 날아가지도 못하고 떨어지지도 못한 채 죽어 있었다.

고향집은 떠난 이에게만 존재하는 특별한 꿈인지도 몰랐다. 돌아가고 싶으나 살아 돌아갈 수 있을지 몰라 그리워만 해야 하는 삼삼하고 아련한 집. 고향과 집이라는 말, 그 둘이 합쳐진 고향집이라는 말은 나에게 아득하게만 다가왔다. 아내와 내가 함께 고향집이라고 부를 수 있는 집이 있을까? 그런 집에서 살아보고 싶다.

바바 여행을 다녀온 뒤부터 집에 대해 꿈꾸기 시작한 것 같았다. 흙 밟는 집, 나주 외가 같은 집, 서울 아닌 곳에 있는 집을 원했던 아내는 물론이고 나는 나대로 바닷가에서 보았던 그 집들을 그리워했다. 거기 어디에 아내와 내가 사는 우리 집이 있는 꿈이었다.

바닷가 소나무 숲 너머에 우리 집이 있다. 길도 따로 없고 대문도 따로 없다. 숲 어디로든 들어서 솔잎 우득우득 밟고 걷다보면 집이 나온다. 숲 바깥에는 눈에 잘 띄는 나무 한 그루가 있고 거기에 우체통이 걸려 있다. 하루 한 번 우체통까지 걸어 나가 편지를 꺼내들고 가족과 친구들의 소식을 접한다. 아 돌잔치 하는구나, 아 돌아가셨구나.

우리 집 1층 현관은 비를 피할 수 있는 슬레이트 처마가 있어 그대로 아담한 테라스가 된다. 나무 바닥 아래로 발 딛으면 들꽃 들풀 천지고, 제각각 생긴 의자 몇 개 갖다놓고 나무 테이블 한 개 차려놓으면 근사한 카페가 된다. 노을 지는 저녁이면 그곳에 앉아 아내와 함께 차나 맥주를 마신다. 아무 말 없어도 우리는 좋다.

집 옆에는 허름한 창고가 한 채 있다. 내벽엔 갖은 공구가 걸려 있다. 그곳에서 나무 작업부터 시작할 것이다. 나무 젓가락과 숟가락부터 만들고, 나무 빨래판과 방망이를 만들고, 나무 의자를 만들고, 나무로 된 밥상을 만들고, 고미와 보기의 나무집을 만들고. 그렇게 도끼질과 대패질에 익숙해지고 나면 흙과 돌과 쇠로 작업을 할 것이다.

무엇보다 소나무 숲을 등진 마당이 바다를 향해 탁 트여 있어서 좋다. 집의 모든 방문과 창문처럼 고미, 보기의 집도 바다를 향해 있어 잠들고 눈뜰 때마다 눈과 귀와 코와 뺨으로 바다를 느낄 수 있다. 물론 마당 가운데에는 평상이 있다. 거기에 앉아 밥을 먹는다. 낮잠을 잔다. 밤하늘 별을 본다. 평상에서 이불 덮고 잤다가 아침 해를 맞는다.

그곳이 우리의 고향집이 된다면, 나는 아내와 했던 결혼 약속을 지키는 것이다. 함께 낭독했던 결혼 서약서의 소박한 꿈을 이루는 것이다. 그런 곳이라면 아내가 아이를 배고 낳고 기를 수 있을 것이다. 소나무 숲의 키 큰 나무들 아래에서 땅의 기를 받고 바다의 숨을 맡으며 살아갈 수 있을 것이다. 그 집은 매일같이 꿈꾸는 집일 것이다.

밥 먹고 살 만큼만 벌자.

바바 여행을 다녀온 이듬해 1월. 우리는 장모와 형수의 도움을 받아 이사를 했다. 34층에서 내려와 흙을 밟고 살 수 있는 집을 찾기 위해 몇 군데를 살폈으나, 전세 가격이 괜찮으면 교통편이 맞지 않았고 교통이 수월하면 가격이 맞지 않았다. 아내와 살게 된 두 번째 집은 11층 아파트였다. 무려 23층이나 땅으로 내려왔으니 됐다고 아내는 웃었다.

나는 2년 전세 계약을 맺은 그 집에서 이제껏 내가 산 집들에서는 일어나지 않던 일들이 자주 생겨나면 했다. 아내와 밥상을 마주보고 앉는 일, 서로 두 눈을 쳐다보는 일, 말없이 가만히 껴안고 있는 일, 간밤의 개꿈에 대해 말하고 들어주는 일, 같이 청소하고 요리하고 고미와 보기를 목욕시키는 일, 틈틈이 자전거 타고 소풍가는 일.

그 일들이 저절로 일어날 리는 없다. 밥 벌어먹고 사는 일과 돈 벌어 사는 일, 그 사이에서 지난날들과 다른 새로운 균형추를 작동시키지 않으면, 다짐과 관성을 오락가락하는 널뛰기만 잦을 수밖에 없다. 작은 용기가 필요했다. 아내는 격려를 해주었다. 돈 더 벌려고 하루를 축내지는 마, 밥 먹고 살 만큼 돈 벌면 돼, 알았지?

바바 여행을 떠나기 위해 직장에 사직서를 내고 하루 단위로 빼곡히 들어차 있던 프리랜서의 일감을 끊어야 했을 때, 소소하나 무시할 수 없는 그 돈벌이와 일정 기간 이별해야 했을 때, 나중에라도 그 돈벌이를 다시 할 수 있을까 싶은 두려움에 잠시 불안했었다. 결국 바바 여행에 나선 힘은 나라는 집에 대해 더 늦기 전에 꿈을 꾸고 싶어서였다.

반지하 원룸에서 혼자 웅크리고 살다가 34층 고층으로 뛰어올라 한강 야경을 누리며 살았을 때 그리고 그 집에서 내려왔을 때, 나는 다시는 되돌리기 어려울 어떤 방향을 정하고 있었다. 그것은 아내가 아프지 않을 집, 숨 쉴 수 있는 집, 같이 꿈꾸는 집. 덜 벌고 덜 쓰며 나를 충족하고 나를 살릴 수 있는 집으로 한 발씩 나아가는 일이었다.

"간소하게 사는 법, 적게 쓰고 사는 법, 필요하지 않은 것을 버리는 법, 사는 동안 짐꾼이 필요없을 정도로 짐을 가볍게 꾸리는 법." 이를 두고 빌은 "대단한 아름다움"이고 "대단히 풍요로운 일"이라고 했다. 나는 그 법을 배울 수 있는 집에서 살겠노라, 그런 집짓기의 소박한 매력과 일상의 마술 속에 나를 풀어두겠노라 생각했다.

오랜 망명 생활 끝에 구속을 각오하고 귀국한 한 학자의 양심 고백 때문에 경계인이라는 말이 유행했었다. 나는 그 말이 가슴에 닿지 않았다. 한때는 인문학자와 문화주의자들 사이에서 노마드nomad라는 말이 선풍을 일으켰다. 그 말도 내게는 울림이 없었다. 바깥으로 내몰리고 거처 없이 떠돌며 살아본 이들에게선 그런 의식을 볼 수 없었다.

경계에서 양편을 가늠하는 일, 유목하며 삶을 여행하는 일은 집이 있기에 가능한 것이다. 집을 떠나선 상상할 수 없는 관념이다. 비록 누추한 피난처며 보잘것없는 집이라 해도, 돌아갈 집을 부정하면서 유토피아를 추구한다 해도, 우리는 하루하루 그 울타리 아래 있다. 노숙자에게도 집은 날마다 돌아가는 그 시간 그 자리의 허물이다.

"집이 없이 '떠난다'는 말이 가능할까. 집 속에 살던 내가 집을 떠나면 집이 내 속에 들어와 있다"고 말한 함민복 시인에게는 그 집이 소중했었나 보다. 시를 짓고 생을 짓는 것이 집이라는 것, 그 집이 완성되는 날은 자신이 사라지는 날이라는 것을, 시인은 알고 있었지 싶다. 아내와 같이 그 집을 짓고 사는 한 나는 환하게 웃을 것이다.

남은 생애에 앞으로 몇 번의 이사를 더 하게 될지, 아내와 짐을 몇 번 더 싸게 될지 모르지만, 나는 아내와 같이, 같은 꿈을 꾸는 친구들과 더불어, 집을 지으러 떠나고 또 떠날 것이다. 그때마다 어딘가에 도착해서 짐을 풀 것이다. 그곳에서 나는 언제나 조금은 더 오래 머물고 조금씩 더 많이 꿈꾸며 나를 짓고 있기를 바랄 것이다.

다시 집을 생각한다. 물집. 내 손과 발에 움트는 노동의 결실. 살집. 너와 나를 오가는 사랑의 무수한 더듬이. 몸집. 생명의 안팎을 일구는 농장. 내가 사는 집은 나의 노동과 사랑을 짓는, 이 세상에서 가장 큰 나의 몸집이다. 바바 여행을 마친 나는 집을 보러 갔다. 8년을 사신 어머니 소유의 하숙집과 어머니가 숨 거둔 그 마지막 전셋집.

무릉도원재건립추진위원회.

집을 둘러싼 뜨거운 시류에 관한 한 나는 왕따였다. 명절에 모인 친척 일가는 너도 나도 집에 대해 이야기했다. 얼마나 큰 평수로 옮겼나, 얼마나 값이 올랐나, 어디가 잘 나가나 하는 부동산 소문들. 그 안에 내가 사는 집, 살게 될 집, 살고 싶은 집은 없었다. 이 점은 아내가 나보다 더했다. 아내에게 집은 11층에서 더 내려가는 것이었다.

바바 여행을 마치고 홍대 앞 거리를 걷다가 반가운 이를 만났다. 《너 행복하니?》라는 내 책에 실린 사진을 모두 찍어두고 우리의 결혼식 사진도 찍어준 친구였다. 우리는 그를 찐빵이라고 불렀다. 결혼식 뒤로 통 보질 못했는데, 식사라도 같이 해야 하는데, 하는 나에게 그는 대답 대신 배낭을 뒤적이더니 엽서 하나를 내밀며 웃었다. 엽서에는 이렇게 씌어 있었다.

"복숭아 꽃피는 마을의 꿈이 시작됩니다. 도우리桃宇理는 촉촉한 상상을 실천하는 다정한 사람들의 커뮤니티입니다. 작은 재주, 좋은 생각을 나누어주실 도우리 마을의 친구들을 기다립니다. www.peachtreevillage.net 무릉도원재건립추진위원회 상상실천 도우리 실천 아지트 02-6401-6933."

나는 엽서를 아내에게 전해주었다. 아내는 웃었다.

아내는 말했다.

나와 너도 생면부지의 베트남 여자와 한국 남자처럼 멀리 낯선 길을 경유해 만난 거라고. 나는 기꺼이 화답했다. 너에게 가겠다고. 그곳에 가서 너를 알고 싶다고, 결혼한 것을 너에게 당도한 것으로 착각하지 않고 수시로 너와 함께 길 떠나겠다고……

Epilogue

뒷머리

불안해?

초고를 마치고 아내에게 건넸다. 아내는 다음날 그렇게 물었다. 뭐가? 내가 출가할까봐. 니 입으로 그랬잖아. 내가 출가할 것 같아? 아내는 웃음을 참으며 수수께끼를 내듯 자꾸 물었다. 심각한 표정으로 쳐다보자 아내는 말했다. 출가 안 해. 이번 생은 너랑 잘사는 게 내 업이야. 다음 생에 또 인간으로 오면 그때 출가할게. 걱정 마.

나는 나를 걱정해야 했다. 바바 여행을 마치고 원고도 마쳤으니 그간 느끼고 생각하고 글로 쓴 그대로 나의 어떤 생활 태도를 마쳐야 할 때였다. 인생의 전반과 후반 사이에서, 땅과 바다 사이에서, 문명과 자연 사이에서, 여자와 남자 사이에서, 너와 나 사이에서, 머리와 발 사이에서,

나와 또 다른 나 사이에서 진짜 여행을 시작할 때였다.

"그러니 나를 좀 제발 그냥 놔두시오!"라고 소리친 좀머 씨의 말대로 이제는 내가 날 그냥 놔둬야 할 차례였다. 나는 원고를 마무리할 즈음 다시 일을 했다. 기획하고 가르치고 글 쓰고 방송하는 나날로 돌아가기 시작했다. 허나 그 일들이 조금은 다른 의미가 되어 있다는 것을 감지할 수 있었다. 일에 파묻혀도 일이 나를 집어삼키지 못했다.

좀더 보태고, 좀더 완벽을 기하고, 좀더 진도를 나가고, 좀더 성과를 내고, 하는 마음이 사라지고 있었다. 일을 하다말고 중간에 밖으로 나가 그냥 걷다가 돌아오는 때가 늘어났다. 그 짧은 시간에 나는 다시 바바 여행으로 돌아갈 수 있었다. 그렇게 내 불안은 서서히 잦아들었다. 내가 내가 아닌 채 살아가는 것 같은 심증의 소란들.

배꼽!

바바 여행 후 해를 넘겨 이사를 하고 일상으로 돌아온 요즘 아내와 나는 그럭저럭 평온하다. 아내는 얼마 전 삭발을 했다. 어느 날 집에 와보니 쥐 파먹은 것 같은 까까머리를 한 아내가 씨익 웃고 있었다. 정말 웃겼다. 내가 머리를 깎을 때 쓰는 전기 바리깡으로 아내 혼자 삭발을 한 것이다. 뒷머리 곳곳에 머리칼이 삐죽삐죽했다.

그날 저녁 나는 아내의 못다 깎은 머리를 마저 깎아주었다. 예뻐? 예뻐? 삭발을 마친 아내는 내복 차림으로 골룸 흉내도 내고 영구 시늉도 하면서 나를 웃겼다. 응, 예뻐. 나는 아내의 머리를 쓰다듬었다. 음, 니가 내 머리 만질 때 이런 기분이구나. 이어 아내의 머리통 곳곳에 코를 대고 냄새를 맡았다. 내 머리통 냄새도 이랬어?

아내는 이상한 취향을 갖고 있다. 나는 엽기적인 여편네라고 불렀다. 아내는 수시로 내 머리 냄새를 맡는다. 집과 몸의 청결에 민감한 아내가 이상하게도 내 구리구리한 머리 냄새 맡는 것을 즐겼다. 같이 텔레비전을 보다가도 갑자기 "어어, 산소 호흡기!" 하고 외치면서 내 머리통을 끌어다가 냄새를 맡았다. 이 정도는 약과다.

아내는 불시에 내 배꼽을 후벼 팠다. 그리고 손가락을 코끝에 대고 냄새를 맡아본다. 아, 좋다. 처음엔 어이없어하다가 차차 익숙해지고 말았다. 허나 당하는 순간에는 번번이 당혹감이 엄습한다. 그때마다 항의했다. 말하고 파! 아내는 이젠 말하고 판다. 배꼽, 하면 나는 알아서 웃옷을 들어올린다. 아내와 나 사이에 질서가 잡혔다.

평화도 생겼다. 나는 늘 두 다리를 떤다. 아주 심하게 떠는 편이다. 오래된 습관이다. 이 때문에 아내와 모처럼 마주앉아 밥을 먹을 때 가끔 밥상이 떨리는 경우도 있다. 아내는 불편하다며 떨지 말라고 주의를 줬지만 차츰 적응했다. 야, 신기해라, 두 다리가 딴 박자로 떠네! 아내도 다리를 떨기 시작했다. 나만큼은 아니나 제법 떤다.

하루 밥값 하자.

65일 동안 다섯 차례에 걸쳐 이어진 바바 여행의 총 경비는, 가계부를 쓰지 않은 탓에 정확하지는 않지만, 대략 450여만 원 가량 된다. 여관이

나 모텔에서 자고, 밥 먹고 술 마시고, 왔다갔다 차 타고 배 타고, 고장 난 휴대폰과 카메라 고치고, 사진 인화하고, 삼면 바다에서 한 번씩 장모에게 올려 보낸 울진 대게와 보길도 김과 영광 굴비 등. 많은 돈, 잘 썼다.

사실 돈에 관한 한 나는 은근한 강박을 갖고 있었다. 내가 보고 자란 아버지는 반신불수의 병자로 돈을 한 푼도 벌지 못했던 반면 어머니는 죽는 그날까지 일을 쉬어본 적이 없었다. 어머니는 집에 쌀 떨어지는 것을 걱정하며 살았다면, 나는 주머니에 돈 떨어지는 것을 두려워했다. 어머니는 신앙으로 극복했다면, 나는 아내 덕 봤다.

바바 여행 후 내 수입은 꽤나 줄어들었다. 다시 일을 시작했지만 전 같지 않았다. 언제까지 같은 상태일지 모르나 걱정 안 한다. 아내 말대로 돈 벌겠다고 하루를 축내는 일은 하지 않기로 했으니까. 내 자신의 모습으로 있어도 되는 벌이를 찾아가는 중이니까. 나는 요즘 밥 먹고 살 만큼 벌고 하루 밥값 하는 사람 되려고 노력하는 중이다.

너에게 가는.

바바 여행은 그냥 어느 날들이었다. 그냥 어느 날들이 어떻게 나를 보게 하고 과거로 가게 했으며 계속 현재에 집중하게 했는지, 떠나고 돌아온다는 것이 내 생애에 어떤 일인지 시간이 흐를수록 조금씩 떠올랐다.

결국에는 그 길이, 그 여행이, 따로 또 같이 머무는 그 집이, 거기서 만나는 그 바다가 이 세상에서 가장 어렵고 가장 대단하다는 것을 바바 여행 다녀오고서 야금야금 알게 되었다. 사랑해서 같이 살고 싶거나, 부모 자식 서로 모르겠거나, 그럴 때, 그런 사이끼리, 길 걷는 여행 좀 넉넉히 해보면 안다. 알려고 해서가 아니라 그냥 알려준다.

곁에 있는데도, 눈길 돌리고 입 맞추고 어깨 겯고 포옹해도, 가슴에서 가슴으로 통하지 못하면 가장 먼 사이. 멀다 탓하지 말고 좁히려 애쓰지 말고 날마다 걸으면 되었다. 상대 발걸음 의식 말고, 내 심장의 울림으로 제 속도대로 리듬을 타고 한 걸음씩 옮기면 되었다. 바닷가를 바라보며, 바깥에서 바깥으로, 바닥부터 바닥까지, 그 바바 여행처럼.

> 내 앞으로 걸어가지 마라. 나는 따라가지 않을 테니.
> 내 뒤를 따라오지 마라. 나는 이끌지 않을 테니.
> 내 옆에서 걸으면서 친구가 되어다오.
>
> — 알베르 카뮈

차승민. 승민아. 쟈스민. 아즈미. 야몽. 몽이. 자갸. 너. 저기. 야. 아내를 부를 때 쓰는 말들이다. 아내가 나에게 왔던 이야기, 그 바바 여행도 같이 쓰기로 했으나, 아내는 요가와 법회와 요리와 고미 보기 돌보기와 청소에 빠져 사느라 쓰지 않았다. 이번엔 그냥 니가 써라, 해서 이번엔 나만 썼다. 이 책을 내 친구가 되어준 아내에게 보낸다.

참, 여보야. 나 급한 성격 좀 고친 것 같아. 내리면서 들어가고 나오는 동안 올리는 거, 이제 안 해. 화장실 들어가고 나올 때의 바지 지퍼 이야기다. 칠칠치 못해 보인다고 그것은 꼭 고치라고 했던 충고를 어느 순간 실천하고 있었다. 내가 생각해도 다행이다.

샨티의 책은 후원회원들의 도움으로 만들어집니다.
후원회원에 가입하여 이 책이 출간될 수 있도록 도움을 주신
개인 및 단체/기업에 깊이 감사드립니다.

평생회원

이슬, 이원태, 최은숙, 노을이, 김인식, 은비, 여랑, 윤해석, 하성주, 김명중, 산나무, 장원, 일부, 박은미, 정진용, 최미희, 최종규, 박태웅, 송숙희, 황안나, 최경실, 유재원, 최영신, 홍윤경, 서화범, 이주영, 오수익, 문경보, 최종진, 여희숙, 조성환, 김영란, 풀꽃, 백수영, 황지숙, 박재신, 염진섭, (주)드림, 이재길, 이춘복, 장완, 한명숙

단체/기업회원

한경재단 주/김정문알로에 KIM JEONG MOON ALOE CO., LTD. design Vita

샨티는 '몸과 마음과 영혼의 평화를 위한 책'을 내고자 합니다. 샨티의 책들을 좋아하고 샨티가 계속해서 그 설립 취지에 맞는 책을 낼 수 있도록 도움 주실 분들은 후원회원으로 가입해 주십시오. 후원회원에는 평생회원과 일반회원, 단체/기업회원이 있습니다. 더 자세한 안내는 전화(02-3143-6360~1)나 이메일(shanti@shantibooks.com)로 문의하시면 자세히 안내해 드리겠습니다.

후원회원이 아니더라도 이메일로 이름과 이메일, 전화번호, 주소를 보내주시면 독자회원으로 등록되어 신간과 각종 행사 안내를 이메일로 받아보실 수 있습니다.